2020 소월시문학상
수상 시인 시선집

제비꽃 연정

일러두기

소월시문학상 운영 방안이 2019년부터 새롭게 바뀌었습니다. 1년 동안 출간된 시집을 심사 대상으로 했고, 《소월시문학상 수상 시인 시선집》은 대상을 받는 시인의 신작시들을 한데 모아 엮은 것입니다.

제30회

2020
소월시문학상

수상 시인 시선집

나태주
제비꽃 연정

멀리서 바라보고
있기만 해도 좋아
가끔 목소리
듣기만 해도 좋아

— 제비꽃 연정 1에서

문학사상

작은, 그리고 조그만

사랑의 말은 작을수록 좋습니다.

가까이 귓속말로 둘이서 알아듣기만 하면 되니까요.

약속 또한 작은 약속이 소중합니다.

어떠한 약속도 지켜져야만 하는 것이니까요.

날마다의 소망도 작은 것일수록 좋습니다.

문제는 그 소망을 제대로 이루면서 사느냐 아니냐 하는 것입니다.

작은 사랑의 말을 들려드리고 싶었습니다.

조그만 약속, 조그만 소망을 드리고 싶었습니다.

지금도 잘 계시지요? 네, 이쪽도 당분간은 잘 있겠습니다.

2020년

공주에서 나태주 드립니다.

차례

1부

신작시 ― 〈제비꽃 연정〉 외

2부

산문 — 시에 대한 단상

3부

나태주. 1945년 충남 서천에서 태어나 공주사범학교와 충남대학교 교육대학원 졸업. '새여울' 동인이며 오랫동안 초등학교 교사로 재직했다. 공주 장기초등학교 교장을 끝으로 교직 생활을 마친 뒤, 시작詩作에 전념하고 있다. 1971년 《서울신문》 신춘문예에 시 〈대숲 아래서〉가 당선되어 등단했다. 등단 이후 50여 년간 끊임없는 왕성한 창작 활동으로 수천 편에 이르는 시 작품을 발표해 왔으며, 쉽고 간결한 시어로 소박하고 따뜻한 자연의 감성을 담아 많은 독자의 사랑을 받아 왔다. 충남시인협회 회장, 공주문화원 원장 등을 역임했고, 현재는 공주풀꽃문학관을 운영하며 풀꽃문학상을 제정해 시행하고 있고 43대 한국시인협회 회장으로 일하고 있다. 시집 《대숲 아래서》 《누님의 가을》 《막동리 소묘》 《산촌엽서》 《눈부신 속살》 《그 길에 네가 먼저 있었다》 《아직도 너를 사랑해서 슬프다》 《마음이 살짝 기운다》 《어리신 어머니》, 산문집 《대숲에 어리는 별빛》 《풀꽃과 놀다》 《혼자서도 꽃인 너에게》 《좋다고 하니까 나도 좋다》 등을 펴냈다. 흙의 문학상, 충청남도문화상, 박용래문학상, 편운문학상, 황조근정훈장, 한국시인협회상, 정지용문학상, 공초문학상, 유심작품상, 김삿갓문학상 등을 받았다.

1부

〈제비꽃 연정〉 외

움막

50년, 50년이라 그러셨습니까?
그냥 잠시 눈 감았다 뜬 것 같고요
풋잠 들어 꿈을 꾼 것 같습니다

구불구불 살아오며 이러저러한
배역이 한두 가지 아니었지요
그 가운데에서 오직 한 가지

시인이란 이름만 남기고
나머지는 모두 지우려고 그럽니다
하나 남은 바람막이 움막입니다.

다 좋았다

저녁은 눈물겨워 좋았고
아침은 눈부셔서 좋았다

당신이 세상에 살아 있는 한
그것은 내일도 그럴 것입니다.

꽃피는 시절

사랑한다 얘야
너만큼은 아니지만
나도 너를 사랑한단다

바람이 불어오자
연꽃이 살랑살랑
고개를 흔들었다

연꽃은 분홍빛
바람은 초록빛
연잎도 따라서 출렁였다.

첫물차

여린 몸을
통째로 주셨군요

연둣빛 향을
함께 주셨군요

미안해요
고마워요

입안에 오래
머물다 가는 연정.

긴 봄날

일찍 찾아온
붉은 모란

여러 날
머뭇거리는 봄날

하얀 모란꽃
그 옆에 다시 피어

봄날이 더욱
길었습니다.

흰 구름 아래

흰 구름을 보면 꿈꾼다 나는
유럽에도 없는 유럽

흰 구름을 보면 만나고 싶어진다 나는
아직도 세상에 태어나지 않은 사람

그곳이 바로 네가 사는 곳이고
그 사람이 바로 너였으면 좋겠다.

평론가인 딸에게

시인들은 억울한 마음이 있어서 시인이고
섭섭한 마음이 있어서 시인이고
쓸쓸한 일이 많아서 시인이란다
딸아, 고맙게도 대학에서 좋은 선생님들 만나
문학 공부하여 문학평론가가 된 딸아
시인들을 좀 더 안쓰럽게 보아다오
시인들의 시를 읽을 때에도
칼로 자르듯이 읽지 말고 어루만지듯이
쓰다듬으며 읽어다오
네가 어렸을 때 학교에서 돌아오면
밖에서 술 마시고 와서 울던 애비를 보지 않았더냐
서울만 다녀오면 벽에다 주먹질하며
두 눈을 부릅뜨던 애비를 자주 보지 않았더냐
이 땅의 불쌍한 시들을 읽어주고
시인들을 쓰다듬어 줄 너에게 감사한다
애비로서 한 사람 시인으로서 더욱 감사한다.

우문우답

왜 시인은 시인인가?
억울한 일이 많아서

그렇다면 왜
당신은 시인이 아닌가?
억울한 일이 별로 없어서.

첫 출근

월요일 첫 출근
좋겠다
낯설고 설레겠다
모르는 사람들
만나러 가는 길
서툰 일
하러 가는 길
발길에 채이는
이슬방울
차라리 네가
이슬방울이 되어
모르는 사람들
서툰 일들에
스며라
하나가 되어라
네 뒤에서
내가 웃는다
멀리 기원
박수를 보낸다.

포스트 코로나 1

세상이 많이
헐거워졌다
쓸쓸해지고
많이 늙었다

거리가 훨씬 느슨해지고
잡초가 무성해졌다
바람이 더 많은 하늘을 차지하고
구름이 많아졌다

가까운 사람 멀어지고
먼 사람은 더욱 멀어진 날들

잘 있겠지 그래 잘 있을 거야
만나서 밥이라도 한번
나누면 좋으련만

허!
어머니도 그 나라에서
편히 계시겠지요?

포스트 코로나 2

몇 년 만에 만나는 하늘인가?
젊은 날에 보았던 봄 하늘
그 야들야들한 옥빛
멀리 보이지 않던 산의 능선이
가깝게 보인다
이러다가는 백두산이 보이고
히말라야의 봉우리까지 보이겠다.

오늘

화내지 마세요
오늘이 얼마나
좋은 날입니까

슬퍼하지 마십시오
오늘이 얼마나
감사한 날입니까

얼굴 찡그리지 마십시오
당신이 얼마나
귀한 사람입니까.

마스크

문학 강연 마치고
사진 찍는 시간
누군가 말했다
좀 벗어 봐
누군가 또 말했다
좀 야하다.

기우는 마음

시는 작정 없이 쓰는 글이고
산문은 작정하고 쓰는 글이다

너에게로 기우는 나의 마음은
늘 작정 없는 마음

때로는 몇 줄의 시로
남기도 한다.

그 골목

그 골목에 처음 들어섰을 때
갓 피어난 라일락
우리말로는 수수꽃다리

여러 그루가
허리 굽혀
피어 있었다

어서 오세요
마치 나를 향해
절을 하는 듯 피어 있었다

고마워요 반가워요
이 골목 나올 때에도
그렇게 나오도록 해 주세요.

일상사 1

전화해도 받지 않고
카톡 보내도 읽지 않네
무슨 일 있을까
별일 없겠지
그래 별일 없을 거야
오늘도 하루 조마조마
별일 없기를 무사하기를
빌어 본다 마음해 본다
너를 위해 나를 위해서.

일상사 2

전철 의자에 앉자
옆자리에 앉았던 젊은이
벌떡 일어선다
다른 자리로 가서 앉는다
내가 옆자리에 앉는 것이
불편했던가 걱정된다
다음 정거장에서
그 젊은이가 내린다
다행이다 안심한다.

대화

사람은 바쁜 중에 한가하면 흥하지만
한가한 중에 바쁘면 망합니다.

휴머니즘

사람과 나무가 맞섰을 때
나는 나무 편

두 사람이 싸울 때
나는 지는 사람 편

두 마리의 짐승이 싸울 때도
나는 지는 짐승 편

너와 내가 맞섰을 때도
할 수만 있다면
나는 네 편.

잡목 숲 위로

먹구름 야드레한
연초록 물이 오르는
잡목 수풀 위

하늘 가득 먹물 빛
엷게 풀어 붓칠해 놓은 듯한
먹구름

부디 저 구름이
새로 싹트고 순이 나는
어린 생명을
더욱 어리고 사랑스러운
생명으로 가꾸는 구름이기를

빌어 본다
마음의 손을 길게 뻗어
쓰다듬어 본다
예쁘다 예뻐
너도 반갑다 반가워.

빈티지

오래되고 낡았지만
값이 나가는 물건
그러나 아무래도 나에겐
빈티가 나는 물건이라 여겨져
선뜻 마음이 가지 않는다.

그럴게요

거기서 잘 계시나요?
네, 나도 여기서 잘 있어요
당분간은 숨도 쉬고
밥도 먹고 이야기도
할 것 같아요
그러나 언제 무엇이
어떻게 될지는
나도 모르겠어요
당신도 거기서
잘 계시나요?
거기 사람들 만나
더러 이야기도 나누고
차도 마시고
그러시나요?
네, 그러시기 바래요
나도 여기서 그럴게요.

균열

울고 싶지만
울지 않는다

아니다
울기는 울지만
소리를 내지 못한다

다만 안으로 금이 간다
가늘고도 흐린 직선
피가 번지리라.

모란 앞에

꽃이 피는 아침은
혼자라도 울고 싶다

꽃 가운데서도
새로 핀 꽃 붉은 꽃 모란

모란꽃 보면서
소리 없이 울고 싶다

꽃 속에 웃고 있는 너
너도 내가 보고 싶은 거냐?

나처럼 울음을 참고
눈으로만 웃고 있는 거냐?

꽃 사진

꽃나무 밑에서
여간해서는
예쁘기 어려운데
예쁘네.

은사님 상가

100세 되신 선생님
고등학교 은사님으로 오직
한 분 남으신 분
소천하셨다는 소식 듣고
급히 찾은 장례식장

선생님 사진 앞에 무릎 꿇으니
눈물이 주루룩
흘러도 그치지 않고 흐른다

말 없는 아버지 같았던 어른
이제 다시는 얼굴 뵙지 못하겠지
눈물을 훔치며 상가에서 차려 주는 밥을
뜨거운 국물에 말아서 먹는다

참으로 그것은 이상한 일
빈 배에 밥이 들어가면서
눈물이 그치고 흐느낌도
천천히 그치는 거였다.

미안해요
—코로나 19로 고생하신 대구 시민과 세상 떠난 분들을 위하여

미안해요 미안해요

당신 혼자 힘들게 앓고 있을 때

함께 아파 주지 못하고

가까이 옆에 있어 드리지도 못하고

멀리 그저 멀리 소식 없이

있기만 해서 미안해요

잘못했어요 잘못했어요

당신 혼자서 그 먼 길 떠날 때

잘 가십사 배웅도 못하고

인사말조차 건네지 못한

무능과 무례와 무정이

한없이 죄스럽고 원망스러워요

그래도 여전히 시절은 봄철이라

꽃들이 그렇게 예쁘게 피고

꽃 수풀 사이사이 새들이 많이 울어요

꽃이 더욱 예쁘게 필 때

거기 꽃잎 속에 당신의 웃음을 보았어요

쓸쓸하지만 여전히 아름다운
당신의 뒷모습을 보았어요
새소리 속에서도 당신의 한없이 곱고
너그러운 목소리
사랑과 용서와 화해를 읽어요

괜찮아요 괜찮아요
그래도 좋았어요
왜냐면 마음속에 아직도
사랑의 불이 남아 있기 때문이지요

그렇습니다
이제 야들야들 피어오르는 신록
어우러져 가깝고도 먼 바닷물결 소리를 내는
초록 속에 바람 소리 속에서
다시금 당신을 만나요

부디 편안히 가시어요
부디 편안히 쉬시어요
언젠가 다시 만나는 날 우리

얼싸안아요

그래도 그때 울지는 말아요

얼굴 가득 웃음을 만들고

가슴 가득 사랑을 안아요.

식사 기도

아침 밥상에서 밥을 먹으며
기도드린다
오늘 아침 밥상에는 내가 좋아하는
꽁치 통조림 김치찌개가 올랐네
두부 부침도 오르고 봄이라고
취나물도 올랐네

젓가락으로 밥을 떠서
입에 넣으며 기도한다
이 밥을 먹게 해 주시니 감사합니다
입을 벌려 하늘 향해 중얼거리고
입을 닫으며 아래 보고 중얼거린다

수저로 김치찌개를 떠서
입에 넣을 때는 더욱 크게 입을 벌리고
더욱 크게 머리를 주억거리며
기도드린다
이 국물을 먹게 해 주시니 감사합니다
국물이 뜨거워 찔끔
눈물까지 흘리면서 기도드린다.

제비꽃 연정 1

멀리서 바라보고
있기만 해도 좋아
가끔 목소리
듣기만 해도 좋아

그치만 아이야
너무 가까이
오려고 애쓰지는 말아라
오늘은 바람이 많이 불고
하늘까지 높은 날

봄날이라도 눈물
글썽이는 저녁 무렵
나는 여기 잠시
너 보다가 날 저물면
돌아갈 사람이란다.

엄마

엄마, 엄마
소리 내어 부르기만 해도
마음이 편안해져요

엄마, 엄마
그 말을 듣기만 해도
나무가 되고 강물이 돼요

밝고 맑게
엄마, 엄마, 우리 엄마.

들키고 만다

나는 꽃이 아니에요
아무리 잔디밭 속에
민들레꽃 숨어 있어도
꽃이 필 때는 이내 들키고 만다
아, 저기 민들레꽃이 있구나

나는 여기 없어요
아무리 많은 아이들 속에
고개 숙이고 있어도
아빠나 엄마한테 이내 들키고 만다
아, 저기 내 아이가 있구나

이러면 못 찾겠지
많은 글자 속에 내 이름자
꽁꽁 숨어 있어도
나한테는 이내 들키고 만다
아, 저기 내 이름자가 있구나.

거기

거기가
가고 싶은 사막

거기가
울고 싶은 사막

거기가
죽고 싶은 사막

너의 발아래
바로 거기.

제비꽃 연정 2

바람 뒤에
숨었구나

구름 뒤에
숨었구나

아니야
꽃잎 뒤에 숨었네

어떻게 찾지?
어떻게 만나지?

두리번거리는
나를 좀 찾아다오.

제비꽃 연정 3

너를 생각하기만 해도
마음이 짠해진다

너를 만나도 여전히
마음이 조인다

목소리 듣기만 해도
목이 말라지는 마음

나는 왜 네 곁을
떠나지 못하는 거냐!

방관자

한 사람이 걸어간다
또 한 사람이 걸어간다
서 있던 사람 하나
뛰어간다
에스컬레이터에서는
뛰거나 장난치지 맙시다
그런 글귀가 보이는데도
또 한 사람이 뛰어간다
나는 여전히
그 자리에 서 있기로 한다.

남쪽 바다

봄이 또다시 왔다 가는데
네가 데리고 있는 바다는
잘 있는 거니?
앞바다도 잘 있고
뒷바다도 잘 있는 거니?
부디 네 가슴안의 바다를
잘 데리고 있기 바란다.

어스름 녘

호미 놓고 손 씻고
빈방에 들어와 혼자
우적우적 빵을 씹으며
울먹울먹

어머니 어머니, 엄니
배고픈 나에게 늘
밥을 챙겨 주셨던 분
당신이 어린 나의
밥이었던 분

이제 어느 강을 건너야
찾을 수 있나요!

불효

아침에 청소기
돌리며 울먹인다
어머니 어머니

점심 때 빨래
개키며 울먹인다
어머니 어머니

저녁 시간에도 동화책
읽으면서 울먹인다
어머니 어머니.

폭설

하늘한테 무슨
억울한 일 답답한 일
폭폭한 일 있었던가

도무지 울음을
그치려 하지 않네

아침에도 울고
점심때도 울고
저녁에도 울고

어제 시작하여 오늘까지
그치지 않는 울음
예전에 아주 예전에.

선배님

정말로 좋은 보석은
오래 몸에 지녀도
변하지 않는 물건이어야 하고

정말로 좋은 우정은
오랜 세월 견뎌도
변하지 않는 마음이어야 한다는데

오늘 그 우정과 보석을
당신에게서 봅니다.

당신의 인생

그림책
넘기며 넘기며 비워 둔 자리
두 페이지나

쉬어 가는 마음으로
그러신 줄 알지만
왠지 저린 발

다른 그림
꽃 그림이나
나무 그림에서

꽃송이 하나 나무 하나
옮겨다 채워 줄 수는
없을는지요?

꽃밭에서

뽑으려 하니
모두가 잡초였지만

품으려 하니
모두가 꽃이었습니다.

실종

꼭꼭 숨어라 꽃 이름
마로니에 베고니아
마가렛 라벤더
꽃 이름 뒤에 나무 이름 뒤에
꼭꼭 숨어라

잊어버린 이름 도저히
생각나지 않는 이름이기에
가슴 아리고 향기롭다
유행가 가사 속에서도 나오는
꽃 이름 아네모네

너도 숨어라
내가 잊어버린 꽃 이름 되어
꽃 이름 뒤에 나무 이름 뒤에
꼭꼭 숨어라
이젠 그럴 때가 되었다.

대문 앞

선생님 고등학교 때 은사님

오직 이 세상에 한 분 계셨던 선생님

100년 이 땅에 계실 동안

아침에 잠 깨면 대문 열고

저녁에 저물면 문을 닫고 하던 그 집

선생님 세상 뜨시자

아침에도 대문 안 열리는 집이 되었네

선생님 손수 국경일이면

태극기 꺼내어 달기도 하던 집

이제는 그 집 대문간에서

태극기 만나기도 힘들게 됐네

대문 앞에 자전거 세우고

한참을 머물다 떠납니다.

전언

잘 지내?

집에서 잘 지내지?

문 열면 산도 보이고

들도 보이고 강물도 보여?

그러면 거기서 잘 지내기 바래

밤이면 새삼 달이 밝고

빛나는 별도 보인다고?

그러면 됐네

거기서 잘 지내

별빛과 함께 달빛과 함께

거기서 잘 지내

나도 여기서 잘 지낼 거야

그러나 너무 오래 못 봐서

얼굴 잊어 버리겠어 가물가물

전화로 목소리라도 좀 들려줘

너무 네가 보고 싶어

마음이 많이 힘들어

알았지?

단정히, 단호하게

물고기가 사람이 되어
사람의 신발을
빌려 신고 살았던가?

물가에 단정히 벗어 놓은
신발 한 켤레
방으로 들어가던 때처럼

한 해 두 해
그리고 몇 년?
좋았어요 잘 놀다가 갑니다

신발의 앞부리가
물속을 향해서 단정히
말릴 수 없을 만치 단호하게.

응원자

가는 팔과 가는 다리
그렇지만 길고도 새하얗고
부드럽고 씩씩한 팔과 다리

그 다리의 발로
대지를 딛고
지구의 심장 소리를 듣고

그 팔의 손으로
하늘을 벌려
하늘의 가슴을 껴안아 준다

지구여 당분간은
안심하셔도 좋겠습니다.
하늘 또한 그러시겠습니다

여기 지구의 북반구
한국이란 나라에
좋은 응원자들 여럿입니다.

아직은

날씨가 좋으면 우유를 좀
사다 주시겠어요?
연속극 몇 차례 보더니
외출할 때마다 그렇게 말하는 아내

아침 밥상에서 자꾸만
창밖의 풍경 흘낏거리는 나에게
배경을 보지 말고
나를 좀 봐 주시겠어요!

귀여워요
늙은 사람이지만
아직은 귀여워요.

툭

투명하게 빛바랜

낙엽 한 장, 툭

떨어져 내렸다

가볍고 가벼운 비상

지상에서의 날들

100년

내게는 늘 말이 없던

아버지

그 이름 김기평*.

* 책 들고 한평생, 붓과 펜을 들고 때로는 사전을 들고 한평생. 나이 드시
  어 시력을 잃고 책 읽을 수 없음이 가장 섭섭하다 하신 분. 호미 들고 텃밭
  에 나가 채소 가꾸며 몇 년 더 버티시다가 그만 이승의 숨을 놓고 마셨다.
  2020년 4월 21일 오후 6시 30분. 김기평 선생님. 공주사범학교 시절 국어
  선생님. 평생 나에게 몸으로 삶을 가르쳐 주신 분.

엄마 아빠 말씀

공주가 얼마나 아름다운 고장인가
지나 보면 알 거야
엄마가 말씀하셨다

공주가 얼마나 살기 좋은 고장인가
떠나 보면 알 거야
아빠도 말씀하셨다

사람을 안아 주듯 서 있는 산들
사람을 쓰다듬듯 흘러가는 강물
그 가운데에서 꽃송이처럼 살아가는 사람들

내가 이다음에 자라면 공주를
우리나라에서 제일로 아름다운
고장으로 만들어야지

내가 이다음에 어른 되면 공주를
세계에서 제일로 살기 좋은
고장으로 만들어야지

공주가 아름다운 고장인 것을
공주 사람들만 모른다고
아빠가 말씀하셨다

공주가 살기 좋은 고장인 것을
공주 사람들만 모른다고
엄마가 또 말씀하셨다.

축하

어린이날
한 시인에게서 전화가 왔다
어린이날 축하합니다

나도
어린이날 축하합니다
대답을 했다

그렇구나
시인들은 어린아이니
어린이날을 축하하는 거구나.

멈춰진 시계

서로가 바라본 순간

눈이 마주친 순간

가슴이 뛰기 시작한 순간

손을 맞잡은 순간

볼을 마주 댄 순간

안기도 한 순간

끝내 키스를 한 순간

너무나 소중해서

기념하고 싶어서

그대로 멈추기를 바랐던

순간들

하지만 그것은 박제된 시간

한결같이 멈춰 버린 시계들.

몇 달

잘 있는 거야?
응, 나도 잘 있어

당분간은
그냥 버틸 것 같아

그쪽도 부디
그러기 바래.

또

우리 동생은 세 살
아는 말은 딱 하나
엄마!

유아원에 다니더니
아는 말이 하나 더
늘었어요
그것은 '또'

간식을 주거나 밥을 줄 때
얼른 먹고 빈 그릇
선생님에게 내밀며

또, 또
그러면 선생님이
알아서 또 주거든요

집에 와서도 우리 동생
먹는 것만 주면
얼른 먹고 또

또 빈 그릇 내밀어요.

바람이 말했다

바람이 말했다
이젠 아무 걱정하지 말아요
내가 안아 줄게요
안아 주더라도 오래
오래 안아 줄게요

그냥 당신은
눈 감고 있기만 하면 돼요
아무 생각 안 해도 돼요
꿈꾸는 마음이면 돼요

먼 나라를 가슴에
안기 바래요
아지 못할 들판과 골목길을
서성이기 바래요
그리곤 그냥 잊어버려요

바람이 속삭였다
이젠 속상해하지 말아요
내가 옆에 있어 줄게요

옆에 있더라도 오래

오래 옆에 있어 줄게요.

성화

어미의 젖꼭지를
입에 물고 있는 애기보다
더 성스러운 그림은 없다

그것이 짐승이고
짐승의 자식이고
짐승의 입일지라도.

그렇구나

아파트 현관 입구 바닥에
동그마니 쪼그려 앉아 있는
조그만 여자아이 하나를 본다

아가야 왜 거기 있어?
할머니 기다리는 거야
할머니 어디 갔는데?
쓰레기 버리러 갔어

그렇구나, 아가는 몇 살?
다섯 살
그렇구나, 다섯 살
그냥 예쁘다.

보고 싶어요

멀다, 멀어도
너무 멀다

흐리다, 흐려도
너무 흐리다

만난 지가 언제?
목소리는 또 언제?

그래도 가슴속에
남아 있는 말

보고 싶었어요
지금도 보고 싶어요.

딱새네

오늘은 비가 오는 날
처마 밑에 새끼 친 딱새네
소리가 없다

어제까지만 해도
어미 새가 먹이 나르고
새끼 새들 울음소리 들렸는데

슬그머니 걱정
어미 새가 어찌 된 것일까?
새끼 새가 아픈 것일까?

아닐 거야
그건 아닐 거야
비 오는 날이니 오늘은

어미 새도 새끼 새도
둥지에서 코올콜
낮잠이나 자고 있겠지.

저문 날

오늘도 하루
충분히 너를
사랑하지 못하고
날이 저물었다

이 다음날 내가
지구를 떠나는 날에도
그것이 제일로
마음이 아플 것이다.

선물

비밀을
주고받는 것이다

남들은 모르는
비밀이 하나둘 생기는 것이다

오늘도 나는 너에게
비밀 하나를 준다

앞으로 더 많은
비밀을 주고 싶다.

새집 관찰

우리 집 처마 밑에
새끼 친 딱새
공부하다 보면
딱새 엄마

둥지로 들어갈 때도
무언가 물고 들어가고
나올 때도 주둥이에 무언가
물고 나온다

들어갈 때는
먹이를 물고 가고
나올 때는 새끼들 똥을
물고 나오는 거란다
엄마가 일러주신 말씀

아 그렇구나
엄마 새도 새끼 새
기저귀를 그렇게
갈아 주는 거구나.

스무 살 청춘 1

누가 뭐래도 너는
젊은 지구
푸르게 숨 쉬고
푸르게 꿈을 꾸는
젊은 지구

여린 햇살이라 할까
새로 피어난
나무 잎사귀
야들야들한
꽃잎이라 할까

아니야 너는
푸르른 하늘의 속살
숨결만 스쳐도
자죽이 날 것 같고
손길만 닿아도
상처가 날 것 같은

그 무엇으로도

때 묻지 않고
그 무엇으로도
다스려지지 않는
젊은 염원
뜨거운 시선

앞으로도 오래
길들여지지 말거라
부디 지치지 말거라
힘들어도 네 길을
홀로이 가거라.

스무 살 청춘 2

오늘도 힘들었지?
어깨가 무겁고
다리가 후들거렸지?

그래
그래
애썼다 고생했다

오늘도 수고한 만큼
네가 예쁘다
자랑스럽다.

천천히 쉬어 가면서

천천히 가자 쉬어 가면서 가자
오늘 가야 할 곳까지 가지 못했다고
걱정하거나 안달할 일은 없다

가다가 멈추는 자리가
오늘 가야 할 자리다
쉬어야 할 자리다

바람 좋다 바람도 마시고
구름 좋다 구름도 마시고
내 앞에 참으로 좋은 사람이 있다

좋은 사람 마음속에 얼룩진
슬픔의 그늘 기쁨의 물결도 좀
들여다보면서 가자

높은 가지 낮은 가지
바람에 불려 나뭇잎들이 떨어져
발밑에 뒹군다, 어찌할 텐가?

길 잃을 때

사막에서나 숲속에서만
길을 잃는 것이 아니다
멀리, 오래 가다 보면
어떠한 인생에서도
길을 잃을 때가 있다

생각해 보자
내내 믿고 따라온 길이 사라졌다?
아뜩, 당황스럽고
절망이 되기도 할 것이다
그런 때 어찌해야 할까?

저 스스로 길을 찾아야 하고
저 스스로 길이 되어야 한다
지금까지의 인생은 남의 인생이고
그때부터가 진짜 자기의 인생이다

그렇다면 길을 잃어버린 것은
결코 잘못된 것이 아니다
오히려 잘된 일이고 하나의

축복이고 감사다
겁먹지 마라

길을 가다가 길이 사라졌을 때
길을 잃었을 때 거기서부터가
너의 길이다
너의 삶이고 네가 만들어야 할 길
너의 길이다.

독백처럼

함께 살았으면 분명
미워도 했을 것이고
싫을 때도 있었을 거예요

그렇지만
함께 살지 않았으므로
좋은 느낌 하나로 남아 있는
지금이 더 좋아요

하얗게 웃으면서 힘없이
말하는 그녀의 말소리가
독백처럼 오래 귓가에 맴돌았다

당신은 내가
두고 온 그 나라의
오직 한 사람이에요.

명명

말이나 눈빛이 아니고
느낌만으로 생각만으로도
끌려오는 너는
누구냐?

자청하여 바다가 되고
하늘이 되기도 하는 파랑
아니면 초록

나는 오늘 너를
사랑이라 이름한다.

후반의 인생

더러는 나를
사랑해 준 사람도
있었더란다

가까이 살지는 않았지만
바라보기만 했지만

나무들처럼
나무들처럼

더러는 나를
생각해 준 사람도
있었더란다

가슴에 돌덩이를 안은
호수가 되어
한 생애를 건너는 사람

보내 준 시집
끝까지 읽지 못하고

베갯잇 적셔 베갯잇

뜯어 빨았다는 그 사람.

* 사인 필체를/ 한참 보다가/ 이쁜 엽서도/ 들여다보다가// 시를 한 편 또/ 한 편 보다가/ 너도 제비꽃에/ 이르러선/ 시집을 접고// 베갯잇을/ 뜯어 빨았어요/ 시집 한 권/ 계속 보는 것도/ 힘드네요/ 마음이 아려서. (2020.5.29)

은총

귀한 성일
귀한 예배
성당에 가서 나를 위해
손 모아 기도하겠다는
아이

내가 어찌 네 기도를
감당하랴
하나님, 이 아이의 기도에
무엇이라 답하시겠습니까!

아이야
네 기도 앞에
내가 무릎 꿇는다.

아침의 부탁

기억 속에
더 많이는
느낌 속에서
서로 잊지 않고
생각한다는 것
생각해 준다는 것
그것은 얼마나
고마운 일인가
감사한 일인가
더구나
바쁜 아침 시간
출근하면서
보내온 소식
오늘도
잘 보내세요
그 말은
나도 잘 견딜 테니
당신도
잘 견디라는 부탁.

염력

그릇 가게에서
그릇 포장하는 손이
참 예쁘구나 생각했더니
그릇 포장하다 헛손질로
그 손이 내 손을
다가와 잡네.

송현이

꽃나무 아래 쓰러졌구나
비단옷 입고 머리 곱게 빗고
얼굴에 분 바르고
쓰러져 잠들 듯 묻혔구나

그 어린 것이
그 예쁘기도 한 것이
누구를 위해 건너지 못할 강물을
함께 따라서 건너간 것일까

천 년하고도 몇백 년
다시 강물을 넘어
머리 곱게 빗고
다시 얼굴에 분 바르고

붉은 입술 피어나는 꽃송이로
손을 저어 걸어오고 있는 아이야
금귀고리 당당하여
더욱 곱고도 고운 애기 처녀야

가슴이 무너진다 미어진다
꽃나무 아래 아직도 너는
웃으며 이리로
걸어오고만 있구나.

옛 장항역에서

젊어서의 고향은
절망스러웠지만
늙어서의 고향은
비애스럽다

그래도
아는 얼굴 몇
이름이라도 기억해 주는
사람이라도 몇, 있어서
고향은 쉽게 발길
돌리지 못하는 곳

마음이라도
놓고 돌아가련다
다시 오마, 다시 오마
눈시울 붉힌다.

포옹

널 안은 채
쓰러지리
통나무가
쓰러지듯
꽈당!
쓰러져서
온몸에
멍이 들리
마음에도
달무리 같은
멍이 들고 말리.

새벽꿈

둘이서 함께
서울의 어느 가게였던가 보오
마주 앉아 이야기하다가
수박을 사려고 했던가 보오
이것저것 고르고 있다가
마주 앉았던 자리 문득 돌아보니
윤효 시인 모습 보이지 않아
얼마나 당황했는지 몰라요
아무래도 내가 너무 해찰 부리고
호기 부려 윤효 시인이
먼저 자리를 떴지 싶어
어쩌나 윤효 시인 서울 집으로 찾아가
사과하고 예전처럼 생각해 달라고
사정해야지
힘들게 찾아가다가 그만
꿈을 깼지 뭡니까
아 그것이 현실이 아니고
꿈이어서 얼마나 천만다행인가
가슴 쓸어내린 새벽이 있었답니다.

코로나 시대

영화 타이타닉
마지막 부분에서 보았다

배가 기울어 침몰하기 직전
타이타닉호 전속 악사들
서둘러 모여 기울어져 가는 갑판 위에서
연주회를 시작하는 모습
서로 살겠다고 우왕좌왕
눈이 뒤집힌 판에 음악회를 열다니!
기왕 죽을 때 죽더라도
마음만은 좀 편해 보자고
불안한 마음들 달래 주자고
그랬을 것이다
그것도 자기들 아니고
손님들을 위해 그랬을 것이다

그 모습 섬찟했다
아찔했다

적어도 오늘의 세상

시인들도 그래야 하지 않을까.

아무렇게나 유월

아파트 베란다 창문 열자
건너다 보이는 집
담장 위에 줄지어 피어 있는
붉은 줄장미꽃

줄장미꽃 보고
울컥한다
벌써 이렇게 되었나!
줄장미꽃 담장 아래 흩어진
붉은 꽃잎들 보며
다시 울컥한다

아, 저 붉은 것들의 흐느낌
그 위로 이중으로 얹히는
꾀꼬리 뻐꾸기 울음
서늘한 그늘

아무렇게나 세상은 유월
깊어질 대로 깊어진 음영
사람들 일과는 무관하게

흐드러지게 아름답고

질펀하도록 눈부시구나.

먼 소식

내 마음 알아 주는
한 사람과 함께
맨발로
이슬찬 풀밭 길을
함께 걷고 싶은
아침입니다.

예전에 하던 짓

애걸복걸하다 지쳤다
이제는 생각도 잘
나지 않는다
얼굴도 희미해지고
목소리도 희미해지고
눈빛은 더욱 멀다
어찌 해야 하나
어찌 해야 하나
하는 수없이 또
하늘을 본다
예전에도 하던 짓
되풀이한다
저 하늘 속에
네 모습 있을까
이 바람 속에
네 숨결 들었을까.

네가 아플 때

괜히 또 너를
좋아했나 보다

너를 좋아한 것
후회된다

네가 아프다니까
나도 아파

이것이 또 사랑의
벌인가 한다.

모처럼 비

모처럼 비가 내리는 밤
빗소리 듣고 싶어
거실 소파에 몸을 던지고
빗소리를 듣는다

빗소리도 심심했던가
들어오라 하지도 않았는데
스르륵 제멋대로 들어와
까치발 딛고 걸어서
자분자분 다니며 기웃거리고
알은체 나에게 말을
걸고 싶어 한다

끝내 곁을 주지 않자
이번에는 또 스르륵
거실 밖으로 나가 한참
서성, 혼자 서성인다
빗소리도 많이 외로웠던가
말동무가 필요했던가 보다.

은경이란 이름

은경이란 이름
흔한 이름이다
그저 그런 이름이다

그런데 어느 날
정은경이란 이름을 들으면서부터
은경이란 이름이
귀한 이름이 되었다
금이나 은처럼
소중한 이름이 되었다

처음엔 눈에 거슬리던
흰 머리칼도 신뢰의
싱싱한 깃발이 되었고
하루에 한 시간보다는 더 잡니다
그 멘트가 감동의 물결을 열었다

대한민국 질병관리본부장 정은경
어여쁘신 누이 덕분에
우리가 삽니다

믿음직한 모성 덕분에
우리가 잘 버팁니다.

지금 당장

마음을 여세요
당신이 마음을 열기만 하면
당신의 마음은 바다
당신의 마음은 하늘

물비늘 돛단배 함께
먼 수평선으로 떠나요
뭉게구름 새들을 따라
아스라이 하늘을 올라요

그건 그래요
그건 좋은 일이에요
지금이라도 당장
마음을 열기만 하면 돼요

차라리 당신이
하늘이 되고 새가 되세요
정말로 당신이
바다가 되고 돛단배가 되세요.

꽃이 되다

안아 보자
안아 보자
너를 좀 안아 보자
그 마음이 하늘을 안게 하고
땅을 안게 하고
바다를 안게 한다

네 안아 보세요
안아 보세요
안아 보셔도 돼요
그 마음이
산을 안게 하고
강물을 안게 하고
나무를 안게 한다

이제 너는 나에게
하늘이고 땅이고 바다
이제 나는 너에게
산이고 강물이고 나무
끝내 너는 꽃이 되고

나도 꽃이 되고 싶어 한다.

멀리 있는 너

바람을 안았다 하자
향기를 안았다 하자

차라리
커다란 과일을 안았다 하자

비로소 너를 안게 되는 날
지구를 안은 듯 눈을 감겠네.

금요일 1

어제는
목요일

오늘은
금요일

오늘도
너

너만큼
예뻐라.

아름다운 유산

외로운 날 혼자서 입속으로
부를 수 있는 이름이 있다는 것은
잠시 행복한 일이다

가만가만히 아끼는 마음으로
아무에게도 들키고 싶지 않은 마음으로
누군가 혼자서 부르고 싶은
이름이 아직도 내게 있다는 것은
참으로 감사한 일이고
찬란하도록 아름다운 유산이다

예슬아 예슬아
오늘은 문득 빈 하늘을 보며
너의 이름을 입속에 담는다
그러면 나의 가슴에도 잠시
파랑 하늘빛 물감이 와서 머문다.

인생의 일

나에겐 시간이 많지 않다
그래도 서둘러서는 안 된다
시간이 많지 않기 때문에
더욱 조심히 말을 하고
더욱 정성껏 글을 쓰고
더욱 천천히 길을 걸어야 한다
사소한 것들에게 더욱
마음을 많이 주어야 한다
이것은 모순이 아닌 모순
모든 인생의 일들이 그런 것이다.

여름

저기
다섯 개의 꽃잎이
폈네

아니
그 옆에 똑같은 다섯 개의
꽃잎이 또 폈네

그것은
다름 아닌
너의 맨발

빨강색 때로는 파랑색
매니큐어 칠한
너의 발톱.

사랑의 시학

사랑은 공짜가 아니다
누군가를 간절히 마음 깊이 사랑해 보라
당신의 세상이 대번에 달라질 것이다
갈색이거나 회색인 세상이 초록이거나
맑은 파랑으로 바뀔 것이다

그런 초록이거나 파랑이 당신에게
부드러운 손을 내밀고 팔랑팔랑
어디로인가 함께 멀리 가 보자고 청을 할 것이다
그러므로 사랑은 새로움이고 새로움의 탄생이다
그 약속이다

그런 간절함으로 흰구름을 사랑하고
바람을 사랑하고 나무 한 그루를 사랑해 보라
결코 흰구름과 바람과 나무가 당신에게
가만히 있지 않을 것이다
무언가 좋은 것을 선물하고 싶어 할 것이고
무슨 말인가를 들려주고 싶어 할 것이다

그렇다 사랑은 결코 공짜가 아니다

혼자서 하는 제자리걸음 헛된 되풀이가 아니다
공짜도 아니고 제자리걸음도 아닌 사랑의 맹목
거기서부터 당신의 시는 첫걸음을 놓는다.

노마드의 시

내가 요즘 시를 많이 쓰는 것은
많이 움직이기 때문이다
많이 움직인다는 말은
많이 돌아다닌다는 말이다

하는 일도 없이 집에만 있는 날은
몸도 따분하고 마음도 지루하다
그런 날은 도통 시가 써지지 않는다
아니 찾아오지 않는다

하지만 이리저리 돌아다니면
글이 저절로 써진다
찾아오는 글이다
협동하는 글이다

돌아다니며 만나는 자연과 인간
무릇 세상이 나와 상호작용하여
시를 낳아 주는 것이다

그래서 요즘 나는 나의 시를

노마드의 시라고 이름 지어 부른다.

외로움
—한용운 선생 생가지에서

빈 마루에 혼자 와서 앉으니
외로움이 옆자리에 와 앉는다

팔짱을 끼고 앞산을 바라보니
외로움이 조금 물러나 앉고

다리를 겯고 앉았더니 외로움이
더욱 멀리 물러나 앉는 것이었다.

팔짱

내가 나를
안아 주고 싶을 때

내가 나를
용서해 주고 싶을 때

내가 나를
칭찬해 주고 싶을 때.

말년

펜과 종이와 돋보기

쓰다가
읽다가
졸다가
말이 없다가

창 너머 먼 산 바라보며
너를 기다리다가.

헌 옷

오래 함께 산
늙은 아내만 같아서

병든 나를 내다가
버리는 것만 같아서

도대체
도대체가.

엄마와 애기

애기는 항상 울어요
울어서 애기예요

그러면 엄마는 어떤가요?
엄마도 울고 싶지요

그렇지만 웃어요
울지 못해서 엄마예요.

세 번째 악몽

꿈속에서 나는 가난한 아들이거나 손자거나 형이거나 오빠거나 선생님. 할머니가 돈을 달라는데 드리지 못하고 아버지나 어머니에게 돈을 드리고 싶은데 아무리 찾아도 돈이 없고 동생들이나 제자들에게 용돈이라도 좀 주고 싶은데 돈이 없어 마음이 아픈 사람. 괴로워 가슴이 아프고 당황스러워 어쩌지 못하다가 꿈을 빠져나온다. 그러고는 아 꿈이었구나 꿈이어서 다행이구나 가슴을 쓸어내린다.

아직은 아내가 없고 아이도
없었던 그 사람.

새똥

루이비똥 값비싼 가방 들고
식당에 가서 음식 사서 먹고
이천 원 천 원 음식 값을 두고
티격태격 계산대 어린 아가씨와
실랑이하는 저 아줌마
그가 똥이었다
그냥 새똥이었다.

말씀의 길

1

해마다 잊지 않고 보내 주는 쌀
그것은 나에게 이미 쌀이 아닙니다
그 말씀 듣고 한밤을 새워
울기도 한 사람이 있었답니다.

2

이제부터 우리는 남이 아니에요
멀리 기도로 만나는 사람들이지요
그 말씀 한마디에 무너져 멀리
인생의 빛깔이 변하기도 했답니다.

3

주는 선물 기꺼이 받는 것은
그대에게 돌려줄 나의 축원이
아직은 많이 남아 있기 때문입니다
아, 그 말씀의 길.

4

사람은 자기가 사랑한 사람보다

자기를 사랑해 준 사람을 더 오래
기억한단다

잊지 말아라
너도 가슴에 안고 오래 살아라
네, 어머니 어머니.

유월

고개를 숙이시오
허리와 무릎을 구부리고
공손히 지나가시오
그것도 안 된다면
그냥 비켜가시오
디딤돌 위에 늘어진 능소화
붉은 꽃송이 투둑
몸을 던지며 하는 말.

언덕 위에

강물이 건너다 보이는
언덕 위에 둘이서
앉아 있었다

어둠이 찾아올 때까지
너도 말이 없었고
나도 말이 없었다

너무 쓸쓸해하지 마세요
강물이 안아 줄 거예요
언젠가는 당신도 반짝이는
영혼을 갖게 될 거예요

밤하늘의 별들이
속삭여 줬다.

호소

더는 숨 쉴 수 없어요
이것은 테레사 수녀님
마지막 말씀

숨 쉬지 못하겠어요
경찰관 무릎에 눌려
죽어간 미국의 흑인 남성
플로이드의 마지막 호소

숨 쉴 수 없어요
산소를 좀 더 주세요
코로나19에 걸려
죽어 간 사람들의 호소

이것은 또
지구 할아버지의 호소
나도 숨이 가쁘다
나에게도 산소가 부족하다.

금요일 2

오늘은 금요일
힘들게 살아온 한 주일
오늘만 견디면 며칠
쉴 수 있다는 사실

그런 생각을 나누며
오늘을 살자
너는 젊고도 새로운 목숨

네가 나를 생각하고
사랑하는 것만큼은 아니지만
나도 너를 생각하고
마음 깊이 사랑한단다.

마스크 미인

눈으로 말해요
눈으로 말해요
눈으로 하는 말이 더 좋아요

눈으로 웃어요
눈으로 웃어요
눈으로 웃는 웃음이 더 예뻐요

마스크 쓰고
조금쯤 멀리서
스쳐 지나가는 너의 모습

멀리서 빛나는 별빛인가
손 안 닿을 만큼 안쓰럽게
들릴 듯 말 듯 우레 소린가

오늘은 유난히
맑고도 고운 너의 이마
이마 아래 철렁 고인 눈물

나는 그만 대책도 없이
너의 샘물 너의 눈물에
몸을 던진다.

저녁의 시간

해 질 녘 한때는 지향 없이
마음이 서성이는 때

누구라 없이 그립고
보고 싶은 때

하늘도 땅도 한 몸이 되며
진저리칠 때

너는 오늘도 멀리에 있고
나는 또 생각만으로 홀로이 있네

어찌하랴 이 외로움
흘러넘치는 비애의 강물

불현듯 보고 싶어
전화 걸어도 받지를 않네.

꿈속의 꿈

하루의 고달픈 일과를 접고
지금쯤 꿈나라에 가 있을 아이야
부디 꿈속에서 좋은 세상
만나기 바란다

보고 싶은 사람 보고
하고 싶은 일 하고
걱정 없이 웃고 춤추고
노래하기만 하렴
무거운 신발 벗고 맨발로
구름 위를 걷기도 하렴

우리들 세상의
하루하루 날들 또한 꿈
부디 편안한 잠자리
꿈을 꾸고 일어나
내일도 하루 꿈꾸는
세상을 살기 바란다.

2부

―산문―

시에 대한 단상

나의 시를 위하여

나는 나의 시가 최고급의 시가 되기를 바라지 않는다. 될수록 쉽고 읽기 편해서 보다 많은 사람이 나의 시를 읽고 내가 시를 썼을 때의 느낌을 함께 해 주기를 바란다. 그런 점에서 나는 독자와 하나가 되기를 소망하고 또 그러기 위해서 노력한다.

나는 결코 내가 유명한 시인이 되기를 바라지 않고 나의시 또한 유명한 시가 되라고 요구하고 싶지 않다. 다만 삶에 지치고 힘든 사람들에게 가서 그들의 조그만 손수건이되고 꽃다발이 되고 그들의 어깨에 조용히 얹히는 손길이되기를 바란다. 유명한 시보다는 유용한 시다.

어디까지나 시는 실용품이 되어야 한다는 것이 나의 주장이고 포부다. 인간은 자기에게 필요한 사람을 사랑하고자기에게 필요한 사물을 선택하기 마련이다. 시도 마찬가지다. 필요한 시, 유용한 시가 되어야 한다. 그 무엇으로도대체불가능한 시가 된다면 얼마나 좋을까?

그러므로 나의 시는 짧아질 만큼 짧아져야 하겠고 단순해질 만큼 단순해져야 하겠고 쉬워질 만큼 쉬워지되 그 바탕만은 인간 정서의 근원에 가닿는 그런 시가 되기를 주문한다. 그러면서도 끝까지 잃지 말아야 할 것은 인간성의 회복이고 독자와의 교감이겠다.

한 시인의 대표작을 결정하는 사람은 시인 자신이 아니고 독자들이란 것을 알았으니 다행이다. 시는 쓰일 때까지만 시인의 것이고 일단 쓰인 다음에는 독자들의 것이다. 독자들을 위한 시, 독자들을 울리는 시, 독자들과 소통하는 시, 독자들과 함께 하는 시, 그러한 시가 오래 살아남는 시가 된다는 것은 이미 자명한 일이다.

시인의 자리

사람이 세상을 살아가는 데(인생)에는 세 가지 방법(입장)이 있다. 첫째는 주관자(주동자), 둘째는 방관자(비판자), 셋째는 관찰자(견자).

현실적으로는 주로 주관자와 방관자로 나타난다. 이 두 가지 입장은 인생에 대해서만 그런 것이 아니라 사물(일과 물건)에 대해서도 마찬가지다. 이는 또 인사이더, 아웃사이더 개념으로도 풀 수 있다.

자기가 주관자로 사는 사람은 자기의 삶과 현실에 몰입하므로 눈이 멀 수가 있다. 방관자로 사는 사람은 핵심으로부터 눈을 돌리거나 냉소적이어서 삶의 진면목을 잃기 쉽다.

하지만 관찰자로 사는 사람은 그 두 가지 태도를 아울러 가질 수 있다. 주관자의 삶도 중요한 삶이지만 방관자의 삶 또한 도외시하기 어려운 삶이란 것을 인정하는 태도다.

시인의 삶, 시인의 태도, 시인의 자리는 바로 세 번째의 삶인 관찰자의 삶이어야 한다. 하나의 통합인 것이다. 이것은 어쩌면 랭보의 견자見者, seer* 시론과도 통하는 삶의 태도라 할 것이다.

* 랭보의 견자: 견자란 세계의 본질을 꿰뚫어 보는 능력을 지닌 사람이다. 인습적 관념과 함께 모든 제약에서 벗어나고 자신의 영혼을 인식해야 한다. 신의 목소리를 내는 예언자가 되어야 하고 숨겨진 모습을 투시할 수 있어야 한다. 견자는 기괴한 영혼을 만드는 데까지 나아가야 한다.

사람을 살리는 시

실로 시는 매우 단출한 문장으로 어찌 보면 하찮은 문학 형식일 수 있다. 외형도 왜소하고 내용도 별스럽지 않을 수 있다. 시인은 더욱 무익한 사람들처럼 보인다. 그렇지만, 그렇지만 말이다. 가끔은 시 한 편을 읽고 삶의 의욕을 되찾았다고 말하는 사람들이 있다. 자기 인생을 되돌아보고 삶의 궤적을 바로 잡았다고 말하는 사람도 있다. 시의 영광이요 독자의 축복이다.

> 애야, 너는 어려서부터 몸은 약했지만
> 독한 아이였다
> 네 독한 마음으로 부디 병을 이기고 나오너라
> 세상은 아직도 징글징글하도록 좋은 곳이란다

이것은 내가 쓴 〈좋은 약〉이란 작품의 일부다. 2007년, 큰 병에 걸려 중환자실에 있을 때 연로하신 아버지가 면회 오셔서 하신 말씀을 기억해 두었다가 나중에 쓴 작품이다. 이 작품에서 가장 중요한 부분은 '세상은 아직도 징글징글하도록 좋은 곳이란다'란 문장이다. 실은 이 문장은 어법에 맞지 않는 표현이다. '징글징글'이란 단어는 결코 긍정적인 경우에 쓰이는 단어가 아니고 부정적인 경우에 쓰이는 단어다. 그러나 여기에서는 이 말밖에는 다른 말을 쓸 수가 없었다.

정말로 나는 그 절체절명의 순간을 견디면서 '징글징글하'다는 말이 그렇게 마음의 힘이 될 수 없었다. 그야말로 그것은 나의 마음이 아니라 나의 몸, 그러니까 전신이 기억해서 삶의 힘이 되고 용기가 되고 인내가 된다는 말일 것이다.

이것은 단어 하나나 짧은 문장에 관한 이야기지만 실지로 시는, 시를 읽는 사람만 아니라 시를 쓰는 시인에게도 많은 도움을 준다. 나는 왜 어린 시절부터 시에 매달렸고 시를 썼던가? 가장 중요한 이유는 시를 쓰지 않으면 안 될 것 같아서였고 시를 쓰면 마음이 놓이고 편안해졌기 때문일 것이다. 그렇다. 시는 내가 살아남을 수 있는 생존 방법 그 자체였던 것이다.

실로 한 편의 시가 인간을 살린다. 시를 읽는 독자만 살리는 것이 아니라 시를 쓰는 시인도 살린다. 부디 당신이 어렵사리 찾아서 읽는 시가 당신을 살리고 당신의 이웃을 더불어 살릴 수 있는 묘약이 되기를 바란다.

들여다보며 시 읽기

평상적으로 시 읽기에는 두 가지가 있다. 하나는 따지며 읽기고 하나는 느끼며 읽기다. 보통 따지며 읽기는 오늘날 학교의 교과 시간에 교사가 학생들과 함께 교과서를 가지고 하는 시 읽기다. 이성적인 시 읽기고 분석적인 시 읽기다. 그리고 느끼며 읽기는 시 작품을 읽으면서 마음으로 느끼는 읽기로 보통 누구나 그렇게 하는 시 읽기고 미술작품이나 음악을 감상하듯 하는 정서적 읽기고 통합적 시 읽기다.

가끔 고등학교 학생들에게 물어본다. 시의 읽기로서 어떤 읽기가 좋은 읽기고 바람직한 읽기인가? 일제히 느끼며 읽기라고 대답해 온다. 그렇다면 지금 그대들은 교과 시간에 어떻게 시를 읽느냐고 물으면 시무룩한 표정으로 따지며 읽기, 이성적 읽기라고 답한다. 왜? 그들 목전에 시험 문제가 놓여 있기 때문이다. 그래서 나는 그럼 고등학교를 졸업하고 대학교에 들어가거든 느끼며 읽기를 마음껏 하라고 대답해 준다.

그런데 대학교에서도 시 읽기는 느끼며 읽기보다는 따지며 읽기를 더 많이 한다는 말을 듣고 아연실색한 바가 있다. 왜 그러냐 하면 조작적으로 시 짓기를 가르쳐서 속성으로 완성하다 보니 그렇게 된 것이다. 이것은 시를 위해서도 인간을 위해서도 하나도 도움되는 일이 아니다. 시는 오로지 느끼며 읽기만을 고집할 수는 없는 일이지만 그 비율로 보아서 느끼며 읽기가 더 많아야 한다. 그래야만 시 읽기가 즐겁고 유익하고 가볍고 편안해질 것이요 결과적으로는 시 읽기가 매우 기쁘고 사람 마음에 많은 도움이 된다는 것을 알게 될 것이다.

이상 두 가지 시 읽기에 더하여 나는 들여다보며 하는 시 읽기를 말하고 싶다. 따지며 시 읽기가 시를 분해하면서 하는 시 읽기요, 느끼며 읽기가 그냥 이쪽의 느낌만으로 하는 시 읽기라면 들여다보며 하는 시 읽기는 시와 독자가 상호작용하는 시 읽기요 시의 내면을 보는 시 읽기라고 할 수 있겠다. 마치 개울 위에서 흘러가는 물을 들여다보듯 하는 것과 같이 하는 시 읽기다.

지금 물속의 물고기가 놀고 있고 물풀이 흔들리고 있다고 하자. 그걸 보듯이 시의 내면을 들여다보고 시를 지은 시인의 마음까지 짐작하면서 하는 시 읽기가 바로 들여다보면서 하는 시 읽기다. 이렇게 할 때 시인과 독자의 소통은 더욱 긴밀해지고 시는 살아서 숨 쉬는 생명체로서 독자들 마음속으로 들어갈 것이다. 이것이 내가 하는 시 읽기인데 이런 시 읽기를 통해서 나는 오래전 시인, 낯선 시인과도 자주 만나는 기회를 갖는다.

낳아지는 존재로서의 시

우리말은 참 오묘한 구석이 있다. 가령 '생산한다'란 뜻으로 사용되는 만든다, 짓는다, 낳는다는 말을 예로 들어 봐도 그렇다. 다 같이 무엇인가를 생산한다는 뜻의 말이긴 하지만 그 말들을 조금만 들여다보면 쓰임이 각각 다름을 알 수 있다.

'만든다'는 말은 대체로 생명이 없는 존재, 무생물을 생산할 때 사용되는 말이다. 도구를 가지고 물건을 만들거나 공장에서 물건을 제작할 때 쓰는 말이다. 조작한다는 의미가 강하고 만드는 자의 의도대로 생산품이 만들어지게 마련이다.

그 다음으로 '짓는다'는 말은 조금 다르다. 짓는다는 주로 만드는 주체와 만들어지는 주체가 서로 도와야만 하는 협업의 경우에 사용되는 말이다. 농사를 짓는다, 집을 짓는다, 밥을 짓는다, 옷을 짓는다에 사용되는 말이다. 짓는다는 만든다처럼 일방적으로 만들어지지 않는다. 만드는 자와 만들어지는 대상이 서로 돕고 상호작용을 해야만 한다.

끝으로 '낳는다'는 말은 전혀 다르다. 낳는다는 생명을 가진 존재를 생산할 때 사용되는 말이다. 사람이 아기를 낳는다, 닭이 알을 낳는다, 짐승이 새끼를 낳는다 그럴 때 사용되는 말이다. 이번에는 낳는 주체보다 낳아지는 주체가 보다 더 강한 주도권을 갖고 생산 활동이 이루어진다.

생각해 보라. 엄마가 아기를 낳을 때 엄마가 아기를 낳고 싶다고 해서 아기가 낳아지는가? 아니다. 아기가 뱃속에 나오려고 할 때 아기를 낳는 것이다. 아기 낳는 엄마를 도와주는 의사나 간호사가 있다고 해도 그 사람들은 어디까지나 보조자일 뿐이다. 그야말로 주관자, 주도자는 아기인 것이다.

이 세 가지 말을 가지고 시를 쓰는 일에 적용해 봐도 그렇다. 시를 만든다, 시를 쓴다, 시를 짓는다, 시를 낳는다, 이렇게 네 가지 말을 떠올릴 수 있다. 이 가운데서 가장 좋은 말은 시를 낳는다, 이다. 아기가 생명체인 것처럼 시도 생명체이기에 그런 것이다. 엄마가 아기를 낳을 때처럼 시인은 시를 낳는 사람이다. 아니 그래야만 한다.

시를 쓸 때 시인이 시작 과정의 주도권을 가진 존재처럼 생각하기 쉽지만 그것은 절대로 그렇지 않다. 산문과 달라서 시를 쓰게 하는 것은 마음 저 깊은 곳으로부터 우러나오는 감흥이다. 감흥이 없으면 절대로 시를 쓸 수가 없다. 아기를 임신하지 않으면 아기를 낳을 수 없는 이치와 같다.

마음속으로부터 울컥! 하고 올라오는 그 무엇이 시를 쓰게 한다. 시를 쓰게 하는 원동력이다. 이러한 울컥을 받아 시인은 재빨리 언어의 옷을 입혀 시로 표현해야만 한다. 이때 동원되는 것이 바로 쓰읏의 방법이다. 망설여서는 안 된다. 시인이 고집부려서도 안 된다. 울컥한테 주도권을 주고 시인은 보조자의 자리에 선다.

그런 의미에서 시인은 시 앞에서 겸허해야만 한다. 시여, 찾아오십시오. 오시기만 하면 기쁘게 맞이하겠습니다. 그런 태도를 지녀야 한다. 절대로 주도권을 행사하면 안 된다. 억센 포스를 취하면 안 된다. 근엄한 얼굴을 보여서도 안 된다. 어린아이 같이 천진한 얼굴로 시를 맞아야 한다. 그러할 때 시는 낳아지는 시가 될 것이고 시인은 시를 낳는 사람이 될 것이다.

시, 영혼의 문장

인간은 언어적 생명체다. 지상에서 언어를 도구로 지닌 유일한 동물이란 말이다. 인간이 인간일 수 있는 것 자체가 인간에게 언어가 있었기 때문이고 인간의 모든 문화나 문명이 유지되고 발전될 수 있었던 것도 오로지 인간의 언어 덕분이다. 언어야말로 눈에 보이는 세계와 눈에 보이지 않는 세계를 이어 주는 메신저다.

만약 이러한 언어의 기능이 없었다면 인간은 애당초 상호간 의사소통조차 불가능했을 것이다. 의외로 인간 세상에는 눈에 보이지 않는 것들이 많다. 희로애락을 비롯한 모든 감정이 그것이고 정의나 자유, 평등, 사랑, 행복, 축복이나 감동과 같은 추상적인 말들도 눈에 보이지 않는 세상에 대한 표현이다.

누군가 한 사람이 내세를 가리켜 천국이라고 말했다면 그는 대번에 기독교나 천주교 신자인 사람일 터이고 또 한 사람이 극락이라고 말했다면 그는 어김없이 불교 신자인 사람일 터이다. 일일이 설명해 주지 않아도 그렇게 이해하고 받아들여지는 것은 언어의 기능 덕분이다.

언어 가운데에는 입말과 글말이 있다는 것을 이미 우리는 알고 있다. 입말은 음성 언어요 글말은 문자 언어. 입말을 글말로 바꾸어 기록한 것을 우리는 또 문장이라 부른다.

그리고 모든 문장은 시인 문장과 시가 아닌 문장으로 나뉜다. 통상 시가 아닌 문장을 산문이라고 부른다.

시라는 글자, 한자漢字를 파자破字해 보면 말씀 언言 자와 절 사寺 자로 구성되어 있음을 본다. '말씀의 절'이 바로 시라는 것이다. 절에는 무엇 무엇이 있나? 부처가 있고 불경이 있고 스님이 있다. 부처는 시정신이고 불경은 시 바로 그것이며 스님은 시인이다. 마땅히 그래야 한다는 요구가 글자 안에 들어 있다.

그러므로 시인이 쓰는 시는 경전에 버금가는 문장이 되도록 해야 한다. 경전이란 어떤 글인가? 정신의 가장 높은 봉우리에 가 닿은 글이며 일 점, 일 획도 고칠 수 없는 글이 경전이다. 가장 진실하며 미래지향적이며 엄숙한 글이 경전이다. 시가 그렇지 않고서는 존재 가치가 애당초부터 없는 일이겠다.

시가 이렇게 경전에 버금가는 글이 되기 위해서는 무엇보다도 영혼의 언어로 쓰여야 한다. 영혼이란 정신의 저 깊은 곳에 숨어 있는 신적인 그 어떤 요소다. 보통 때는 인간 자신도 자신의 영혼과 만나기가 쉽지 않다. 영혼 자체가 워낙 깊은 곳에 숨어 있고 또 수줍은 일면을 지녔기 때문이다.

인간이 자기의 영혼을 만나는 순간은 마치 접촉이 불량한 전등불이 꺼졌다가 켜졌다가 하는 상태와 같다. 대체로 오래 꺼져 있다가 어느 순간 잠시 반짝, 하고 불이 들어올 때가 있는 것처럼 바로 그때가 영혼이 밖으로 그 모습을 잠시 드러내는 때라고 보아야 한다.

이 순간을 놓치지 말아야 한다. 그 순간의 느낌과 생각을 찰나적인 언어로 포착해 표현하는 것이 중요하다. 그것도 짧고 간결하고 단순한 언어로 구성하고 표현해야 한다. 그것이 바로 시의 문장이라고 할 수 있다. 그러므로 정말로 좋은 시에는 이러한 문장이 얼마간 들어가 있어야 한다.

이러한 문장을 나는 신이 주신 문장이라고 말한다. 이렇게 신이 주신 문장이 없어서는 진정한 감동의 세계가 열리지 않는다. 가령 우리가 고전이라고 말하고 명작이라고 말하는 작품들에는 모두가 신이 주신 문장, 즉 영혼의 언어가 모두 들어가 있음을 본다. 그렇지 않고서는 몇 백 년, 몇 천 년 전에 쓰인 작품이 오늘의 우리를 울릴 수는 없는 일이다.

감동은 공명이다. 저쪽의 떨림이 이쪽에 와 같이 떨리게 해 주는 것을 말한다. 어떻게 몇 백, 몇 천 년 전의 작품 안에 갇혀 있던 떨림이 그 오랜 어둠과 세월의 강물을 뛰어넘어 오늘까지도 울려줄 수 있단 말인가! 이것이야말로 인간이 가진 언어의 기적이며 시 작품의 승리고 시인의 영광이겠다.

의외로 시인의 목표는 미래에 있고 독자 또한 미래의 사람들임을 잊지 말아야 한다. 나의 생명이 지상에서 사라진 뒤, 내가 쓴 시의 문장이 얼굴도 모르는 누군가에게 감동을 줄 수 있어야 한다는 것! 이것이야말로 진정 시인이 시인 됨의 지상명령이요, 시인이 인간의 목숨을 떠나서도 오래 살수 있는 유일한 활로인 소이所以다.

3부

수상 소감

늦었지만 많이 기쁩니다

이게 웬일인지 모르겠습니다. 이런 상이 나에게도 오다니! 오래전, 젊은 시절 참 많이 받고 싶었던 상입니다. 또래들이 받고 후배들이 받고, 나하고는 많이 멀어진 상입니다. 게다가 세월이 많이 흘러 나도 이제는 늙은 사람, 75세입니다. 이렇게 늦은 나이에 상을 받아도 되나? 그런저런 생각이 있었습니다.

하지만 김소월, 평생을 두고 가슴에 안고 살았던 이름, 그 김소월의 이름으로 주시는 상입니다. 거절하기가 쉽지 않았습니다. 김소월 선생은 나로서는 할아버지뻘쯤 되는 시인. 거부할 수 없는 이끌림이 있습니다. 그분의 시 앞에서 나의 시는 한낱 어리광 부리고 싶어 하는 어린아이에 불과합니다.

흔히들 김소월 선생의 시를 쉽다고, 연애시 어름이라고 그러는데 그건 시를 제대로 깊게 읽어 보지 않아서 그렇습니다. 겉으로 대충, 분석적으로 따지면서 가볍게 읽어서 그렇습니다. 가슴으로 느끼면서 영혼으로 무겁게 읽으면 그분의 시처럼 어려운 시도 드물 것입니다.

강물 같이 가슴에 안겨 오는 시입니다. 산같이 등 뒤에 업히는 시입니다. 민족의 시입니다. 어떻게든 넘어야 하는데 잘 극복되지 않는 커다란 경지입니다. 어쨌든 김소월 선생의 이름으로 상을 받으니 기쁘고 그 마음이 길이 꺼지지 않을 불길입니다. 일생 동안 시를 쓴 보람이 한꺼번에 이루어진 심정입니다.

문학상이란 게 처음엔 상을 마련한 분들의 의도나 상의 이름이 된 문인의 이름이나 문학 작품의 권위가 방향을 인도합니다. 그러나 상이 이어지면서는 수상자들의 노력 여하, 작품 수준, 인간적인 면모가 또 그 상의 앞날을 결정해 줍니다. 그만큼 수상자의 역할이 큽니다.

상을 받은 사람으로서 이 상이 앞으로 잘 유지, 발전될 수 있도록 뒤에서 돕겠습니다. 언감생심, 김소월 선생의 작품을 따를 수는 없겠지만 보다 좋은 작품을 쓰기 위해 부단히 마음을 모으고 실수하지 않는 인생을 살려고 노력하겠습니다. 상을 마련해 주신 문학사상과 이 상이 저에게 오도록 인도해주시고 결정해 주신 분들께 고개 숙여 감사의 인사를 올립니다.

문학적 자전

가늘지만 멀리까지 온 길

1. 돌연변이

가늘고도 외롭게, 그리고 멀리까지 이어져 온 길이다. 열여섯 어린아이. 시가 무엇인지나 알고 시의 길에 들어섰을까? 자신도 모르는 그 어떤 손짓을 따라서 들어선 길이었을 것이다. 그로부터 60년 세월이다. 지금 와서 돌이켜 보면 한 번도 시에 대해서만은 불평을 갖지 않았던 것을 생각해 보면 기이하기도 한 일이다.

읽고 베끼고, 그리고 쓰고 외우고 그것이 날마다 일과였다. 정말로 그런 일들을 누가 시킨다고 해서 일생 동안 지속할 수 있었을까. 이건 분명 신이라도 집힌 일이다. 좋아한다는 것. 끝없이 좋아하고 사모한다는 것이 거기에 있었을 뿐이다.

시작은 고등학교 1학년 때 한 여학생을 만난 것이 빌미가 되었다. 무작정 좋아지고 울렁대는 마음을 도저히 어떻게 가늠할 수도 없었고 진정시킬 수가 없었다. 한 번쯤은 여학생의 주소를 어렵게 알아내어 연애편지 비슷한 것을 쓰기도 했을 것이다. 하지만 그마저도 여의치 않자 울렁이는 마음과 사람을 좋아하는 마음은 안으로 잦아들고 말았다.

그렇다고 그것이 아주 소멸된 것은 아니었다. 안으로 잦

아든 채 소용돌이를 쳤다. 그 소용돌이가 결국은 시라는 문학 형식을 찾아낸 것이다. 하나의 탈출구였다. 시에 대한 타고난 재능이 있었거나 집안의 분위기나 문사적인 기질이 있었던 것은 결코 아니다. 오로지 그것은 돌연변이 같은 것. 이상스런 그 어떤 풀과 같은 것이었고 나무와 같은 것이었다.

사춘기에 만난 그 어떤 덫과 같은 것이 시였다. 그럼 나는 왜 그렇게 그 덫에 호되게 걸려야만 했을까? 아무래도 그 이야기를 하려면 어려서의 성장 과정을 조금은 짚고 넘어가야만 할 것 같다.

2. 외할머니

내가 태어난 때는 1945년 3월 16일. 충청도의 어느 빈농의 맏아들이었다. 집안은 가난했고 동생들은 자꾸만 태어났다. 게다가 어머니의 친정집 형편이 특별했다. 어머니는 무남독녀 외딸이었는데 출가해서 나와 동생 하나를 낳았을 때 외할아버지가 병으로 돌아가셨다. 갑자기 홀몸이 되신 외할머니를 어쩔 수 없어 내가 외할머니와 함께 살게 되었다.

그것이 내 나이 네 살. 그로부터 나는 외할머니의 외동아들처럼 외할머니의 손에 의해 길러졌다. 외할머니의 나이는 서른여덟. 외할머니가 어머니를 낳은 것이 열여섯이었고 어머니가 나를 낳은 것이 열아홉이어서 그렇게 된 것이다. 객관적으로 보면 나는 다만 외할머니의 막둥이 아들처럼 보이기 십상이었다.

그렇게 외할머니네 집에서 열두 살까지 자랐다. 나에게는 외할머니가 하늘이고 땅이었다. 외할머니에게도 역시 내가 하늘이고 땅이었다. 나의 소원이면 그 어떤 것이라도 마다하지 않고 들어주시던 외할머니. 가난하고 추운 시절이었지만 나한테만은 좋은 것을 먹이고 춥지 않게 해 주셨던 외할머니. 나의 일생 가운데 가장 행복한 시절을 만들어 주신 분이 외할머니시다.

외할머니와 함께 살면서 나는 혼자서 노는 아이, 생각하기 좋아하는 아이로 자랐다. 부지불식간에 외할머니의 생의 고달픔과 한스러움이 어린 나의 영혼 속으로 전수되어 들어왔다. 그래서 나는 어차피 특별한 아이가 될 수밖에 없었다. 겉으로는 조용하고 얌전해 보이지만 안으로는 세차고 고집이 세고 변덕 또한 심한 아이가 되었다.

한 가지 더 보탠다면 자연을 사랑하고 자연을 면밀히 관찰하는 아이로 자랐다는 사실이다. 촌놈. 어차피 나는 촌놈을 벗어날 수 없는 인간이었다. 이러한 모든 성향과 기본 조건이 어린 시절, 그러니까 초등학교 시절에 길러졌다고 보아야 할 것이다. 그러기에 사춘기에 시와 자연스럽게 조우한 것이 아닌가 싶다.

3. 공주라는 곳

그다음으로 나와 운명적인 만남이 주어진 것은 공주란 도시다. 초등학교 교사가 되기 위해 공주사범학교 학생이 되어 공주에 왔을 때 나는 적잖이 놀랐다. 중학교까지 살았던 서천하고는 많이 다른 도시가 공주였다. 자연도 달랐고 문화나 분위기가 달랐고 도시의 풍광도 달랐다.

적어도 나에게 공주는 최초로 만난 서구적인 도시였고 근대화된 도시였다. 특히 고서점이 많았다. 학교도 많고 학생도 많아서 그렇지만 고서점이 거리마다 있었다. 나는 아예 학교 공부를 그만두고 고서점 순례로 시간을 보냈다. 말로만 들었던 책, 보고 싶었던 책들이 많았다. 닥치는 대로 읽고 베끼고 외웠다.

한 여학생을 만난 곳도 공주고 고서점을 만난 곳도 공주다. 신석정, 박목월, 조지훈, 서정주, 박두진, 이육사, 윤동주, 한용운, 그리고 서양 시인 헤르만 헤세와 라이너 마리아 릴케를 만나게 해 준 곳이 바로 공주의 고서점이었다. 공주는 끝내 내 마음속으로 들어와 특별한 의미를 지닌 도시가 되었다. 이담에 어른이 되어 직장을 갖게 된다면 꼭 공주에 와서 살리라, 마음속으로 결심했던 것이다.

4. 신춘문예 당선

내가 문단에 등단한 것은 1971년,《서울신문》신춘문예를 통해서였다. 심사위원은 박목월, 박남수 선생. 문학동인 활동이나 선배 시인의 지도 없이 오로지 독학으로 시인이 되었다. 그러나 여기에도 공헌자가 있었다. 그것은 나를 버려 준 여자분. 실연의 고배가 나를 시인으로 만들어 주었던 것이다.

나는 1963년 공주사범학교를 졸업하고 1년을 무위도식하다가 1964년에 초등학교 교사가 되어 2년 반을 교직에 있었다. 그리고 육군에 징집되어 3년 동안 근무하다가 제대했다. 육군 근무 중 바람이 들어 월남 파병을 지원해 전쟁터에 다녀오기도 했다. 본래가 데카당 기질이 있는데다가 전쟁터까지 다녀왔으니 더욱 비정상적인 인간이 되었다.

복직한 학교 여교사에게 반해 무작정 프러포즈했으나 여지없이 버림받고 말았다. 충격이 클 것은 뻔한 노릇. 쉽게 극복하기가 어려웠다. 끝내는 육신의 병까지 얻었다. 결국, 아버지까지 나서서 객지에 있는 나를 고향으로 불러들였다. 객지에서 실패하고 돌아온 귀향이었다.

모처럼 돌아온 고향. 고향은 더욱 낯설고 서툴렀다. 고향에서도 나는 쉽게 적응하지 못했다. 교직에 머물러 있긴 했지만 퇴직 일보 직전까지 내몰린 위태로운 상황이었다. 황폐해질 대로 황폐해진 몸과 마음. 그리고 교직 생활. 그 질곡에서 벗어나고 싶었다. 그러한 간절한 염원이 작용해서 쓴 작품이 바로 《서울신문》 신춘문예에 당선작인 〈대숲 아래서〉였다.

신춘문예 당선은 벼랑 앞에 선 한 젊은이를 이끌어 주기에 충분했다. 절체절명의 순간에 구원의 손길이 온 것이다. 나를 시인으로 내세워 준 박목월, 박남수 선생은 얼마나 고마우신 분들인지 모른다. 당시는 죽을 만치 견디기 힘든 일이었지만 두고두고 생각해 보니 그때 나를 과감하게 버려 준 그 여선생님이야말로 나를 시인으로 만들어 준 가장 큰 공로자였다.

5. 시집 《막동리 소묘》

시인이 된 후 나의 새로운 인생이 시작되었다. 정말로 새로운 인생을 살고 싶었다. 생활도 좀 더 가지런히 하고 싶었고 정신도 맑게 갖고 싶었고 교직 생활 또한 좀 더 성실하게 하고 싶었다. 만약 그때 내가 신춘문예에 당선되지 않았다면 어찌 되었을까? 오늘날의 나는 고사하고 오늘날의 생명조차도 불가능했을 것이다.

어쨌든 그 뒤로부터 나는 사람다운 사람이 되고 싶었다. 가능한 한 거짓말하지 않는 사람, 올바른 사람으로 살고 싶었다. 그로부터 나는 자나 깨나 시인이었다. 교직 생활에만 한정되던 삶이 점점 확대되었다. 때로는 서울 문학 모임에도 가고 공주 지역에서 활동하는 문학 지망생들과 〈새여울〉이라는 문학동인회를 결성해 활동하기도 했다.

나아가 나는 점점 동년배 시인들에게 관심을 갖게 되었다. 그렇게 해서 만나게 된 사람이 이성선 시인이고 송수권 시인이다. 일개 적막한 시골 시인일 뿐인 나에게 그 두 시인은 따스한 온기를 주었고 문학적 소망을 주었다. 외로움을 많이 달랠 수 있었다. 이를 눈치 채고 주변 문인들이 우리를 삼가시인三家詩人, 또는 삼인행三人行으로 불러 주기도 했다.

속초에 살고 있던 이성선을 찾아가 만난 것은 1975년 초였고, 광주에서 살고 있던 송수권을 찾은 것은 1979년 겨울쯤이었던 것 같다. 우리는 다같이 교직에 있었는데 속초로부터 이성선이 공주까지 와서 나와 함께 광주로 갔던 것이다. 그 뒤로 우리는 한 세월 셋이서 자주 만났고 그로 하여금 문학적 자존감을 반듯하게 가질 수 있었다.

이런 과정에서 쓰인 작품이 《막동리 소묘》다. 이 작품은 185편으로 구성된 연작시인데 모든 작품이 4행시이며 또 이 작품은 문예진흥원에서 모집하는 흙의 문학상에 응모, 상을 받기도 했다. 그다음 해에는 같은 이름으로 시집이 나오기도 했다. 실은 이 작품은 이성선 시인을 만나고 나서 받은 충격으로 쓰인 작품이다. 그렇다면 젊은 시절에 또래 시인들과의 우정과 경쟁은 매우 유익했던 것이었다고 말할 수 있겠다.

6. 정파리

시집 《막동리 소묘》가 내 초기 시의 정점이었다. 나름 자신의 문학적 유산을 총결산한다는 심정으로 썼는데 그런 의도와 욕구가 그런대로 이루어진 셈이다. 그러나 그다음이 문제였다. 작품을 계속해서 많이 쓰기는 하는데 자꾸만 흐트러지고 작품의 내용이 묽어지는 것이었다. 점점 시인으로서도 하향길에 서고 말았다.

하기는 이유가 없는 건 아니었다. 그 시절부터 교직 성장에 마음을 두고 학교생활에 시간을 많이 주었을 뿐더러 늦게 시작한 대학과 대학원 공부에 마음과 열정을 빼앗기고 있었다. 1989년도에는 초등학교 교감이 되고 그다음 해에는 장학사가 되기도 했다. 점점 시인으로서 잊혀 가고 있었고 작품의 평가도 흐려져 갔다.

문단 생활을 하면서 나는 선배 시인들의 도움이나 지도를 많이 받은 바 있다. 그래서 기억이 나는 선배 문인들이 많다. 우선 신춘문예 작품을 심사해 준 박목월, 박남수 선생. 박목월 선생 소개로 만난 박용래 선생. 첫 시집 《대숲 아래서》를 제작해 주고 작품 발표를 도와 준 전봉건 선생. 흙의 문학상 심사를 하면서 대통령상의 영예를 안겨 준 정한모 선생. 인간적인 우의를 허락해 준 김구용 선생. 변함없는 모성으로 평생을 보살펴 준 김남조 선생. 사문이지만 여러 차례 나의 문학에 용기를 북돋아 준 조오현 스님.

그런 가운데 임강빈 선생이 있다. 임강빈 선생은 박용래 선생과 함께 대전에서 살던 시인인데 박용래 선생이 시 쓰는 태도를 가르쳐 주었다면 임강빈 선생은 인생을 어떻게 살아야 하는가 그 모범을 몸으로 보여 준 분이다.

한 번인가 임강빈 시인이 나에게 '정파리定破離'에 대해서 말해 주었다. 처음 듣는 말이었다. 유도나 검도에서 나오는 이론이라는데 수련의 단계는 '정→파→리'의 단계로 발전, 변화한다는 것이었다. 그래서 끝내 '리'의 단계에까지 가야만 그 수련이 완성된다고 했다. 그렇게 되면 상대방을 완전히 제압할 수 있을 뿐더러 예술 작품 세계에서도 아우라를 갖는다고 했다.

시 쓰기로 볼 때 '정'의 단계는 선대의 작품을 배워 그 모든 자양과 기법, 장점을 내 것으로 하는 단계다. 모든 창작품은 초기에는 모방에서 시작된다는 것을 말해주는 바이기도 하다. 그렇게 하여 선대의 기법이나 자양을 한껏 내 것으로 바꿔 꽃을 피워야 한다. 나에게 그런 작품이 바로 〈막동리 소묘〉라 하겠다.

〈막동리 소묘〉 이후 나의 작품 세계는 끝없이 하락했다. 일단 하향 곡선을 긋기 시작한 웨이브는 쉽게 진정이 되지 않았다. 아마도 15년쯤은 실히 그렇게 지속했을 것이다. 이것이 나로서는 '파'의 과정이다. 시인으로서 정체감마저 희미해졌다. 도저히 안 되겠다 싶었을 때 나는 스스로의 추락에 브레이크를 걸어야 했다.

그쯤에서 나의 터닝포인트가 있었다. 내 손에는 다만 가벼운 가랑잎 같은 시가 남았을 뿐이었다. 이대로는 계속 가지 않으리라, 스스로 다잡은 각성이 나로 하여금 새로운 길을 열도록 청했다. 나는 그때 시가 생각이나 느낌에서 나오기도 하지만 삶에서 더욱 뿌리 깊게 나온다는 것을 실감했다. 마음에서가 아닌 몸에서 나오는 시였다.

이러한 과정, 말하자면 '파'의 단계를 오래 거친 뒤에 나온 시가 바로 〈풀꽃〉이었다. 이는 깜냥껏 '리'가 이루어진 셈이다. 더불어 〈행복〉, 〈멀리서 빈다〉, 〈선물〉, 〈부탁〉, 〈시〉, 〈기쁨〉과 같은 작품들도 비슷한 작품이라 할 것이다. 시가 또 나 혼자의 능력만으로 쓰이는 것이 아니라 누군가 눈에 보이지 않는 바깥의 존재, 비밀한 후원자의 도움으로 쓰인다는 것을 알게 한 작품들이다. 이런 작품들은 또 나에게 시에서 영성의 중요성을 어렴풋하게 깨닫게 해주기도 했다.

7. 〈풀꽃〉이란 시

〈풀꽃〉은 나에게 참으로 특별한 작품이고 고마운 작품이다. 어떻게 내가 이런 작품을 쓸 수 있었을까? 아니, 이런 시가 어떻게 해서 나에게로 왔을까? 이 작품은 실은 아이들이 준 선물이다. 지루하고도 긴 초등학교 교직 생활 43년. 아이들 곁에서 오랜 세월 잘 견뎠다고 아이들을 통해 신이 내려준 선물 같은 작품이다.

이 시는 결코 긍정적이고 좋은 상황을 바탕으로 하고 있지 않다. 첫 문장 '자세히 보아야 예쁘다'만 해도 그렇다. 조금만 주의 깊게 문장의 내면을 살펴보면 '자세히 보지 않으면 예쁘지 않다'란 뜻이 된다. 그러므로 이것은 부정에서 나온 긍정의 세계다. 그다음 '오래 보아야 사랑스럽다'도 마찬가지다. 요즘 사람들이 이 시를 적극적으로 받아들이는 것은 그만큼 자신 안에 부정의 자아가 있어서 그런 것이고 긍정의 세계를 소망하기에 그런 것이다.

그래도 이 시에서 안도할 수 있는 구절은 마지막 구절인 '너도 그렇다'이다. 만약 이 구절이 없었다면 이 시는 애초부터 존재 가치를 잃는다. '너도 그렇다.'는 하나의 긍정이고 타인에 대한 배려다. 여기서 내용의 반전이 온다. 앞선 두 문장이 풀꽃에 관한 것이었다면 이 대목에서 풀꽃이 사람으로 바뀐다. 나름대로 변신이다. 여기서 사람들은 안도감을 갖고 자신의 모든 것을 인정하고 불만을 내려놓는다.

요즘 독자들은 거침없이 나를 '풀꽃 시인'이라 부르고 나의 대표작을 〈풀꽃〉이라고 말한다. 전혀 나의 뜻과는 다르다. 잠시 생각해 본다. 시인의 대표작은 누가 결정하는가? 독자들이다. 시인들이 아무리 아니라고 우겨도 소용없는 일이다. '주권재민'이란 말이 있듯이 나는 이런 곡절을 '시권재민詩權在民'이란 말로 표현하고 싶다. 시에 대한 최종적인 평가가 독자들에게 있고 독자들의 힘이 그만큼 막강하다는 것을 말하고 싶어서 하는 말이다. 역시 시가 가서 살 땅은 독자들의 마음 밭이다.

8. 공주문화원장

나의 이력 사항 가운데서 공주문화원장의 경력은 매우 특별하다. 평생을 아이들하고만 살았는데 문화원장을 하면서 8년 동안이나 어른들을 상대로 일을 하면서 산 것은 나에게 좋은 경험이 되었다. 세상을 바라보고 세상의 일에 대처하는 방법이나 수준이 많이 달라졌던 것이다.

내가 공주문화원장이 된 것은 일종의 오기 같은 것이 작용했다. 어려서부터 나에게는 세 가지의 꿈이 있었다. 첫 번째가 시인이 되는 것. 둘째가 예쁜 여자와 결혼하는 것. 셋째가 공주 사람으로 사는 것이었다. 그럭저럭 앞의 두 가지 꿈은 이루었다 치자. 문제는 세 번째 꿈이다. 나의 고향은 공주가 아니고 서천. 고등학교 시절 공주사범학교 학생으로 공주에 와서 살면서 그런 꿈이 생긴 것이었다.

공주로 직장과 집을 옮겨서 살기 시작한 것이 벌써 40년이 넘는다. 그런데도 공주 사람들은 나를 공주 사람으로 인정해 주지 않는다. 일종의 보수 심리요 텃세의식이다. 여전히 서천 사람이 공주에 와서 살고 있다고 말하고 있다. 어찌하면 내가 완전한 공주 사람이 될 수 있을까? 그 유일한 방법이 공주문화원장이 되는 일이었다. 그래서 나는 선출직인 문화원장에 입후보했고 선거를 통해 문화원장이 되었다.

문화원장을 하는 동안 나는 공주의 허다한 사람들을 만났고 공주의 역사와 문화에 좀 더 가까워지는 기회를 가졌다. 뿐더러 공주의 자연과 인간을 닮은 시를 쓰고자 노력했다. 공주의 특성은 맑고 조그맣고 고즈넉하다는 점이다. 이런 점에서 내 후기 시들은 공주의 풍광과 많이 닮아 있다. 달리 말하면 공주의 자연과 인간과 더불어 나의 작품인 것이다.

큰 틀로 보아 나의 인생은 공주문화원장 8년까지를 합친 인생이다. 그래야 제대로의 특성이 나오고 전체 조합이 그려진다. 이를 통해 나의 시 세계와 인생관이 확대되고 안정된 것도 사실이다. 2007년도의 모진 병고와 8년 동안의 문화원장 경력은 내 삶을 보다 넓게 만들어주는 좋은 요인을 제공해 주었다.

9. 공주풀꽃문학관과 풀꽃문학상

문학관이란 일단 세상을 뜬 문인의 인간과 작품을 기리기 위해서 만드는 기념관이다. 그런데 아직 살아 있는 내가 어떻게 문학관을 가질 생각을 할 수 있었겠는가. 공주문화원장을 하는 동안 공주시청으로부터 조그만 집 한 채에 대한 사용을 허락받았다. 공주시청의 자산인데 어떡하든 문화적인 쪽으로 사용하라는 조건이었다.

공주는 일찍이 충남도청이 있던 고장이다. 그런 까닭으로 서구적인 건물이 많았고 일본인들이 살던 적산가옥이 많았다. 그런데 사는 일이 벅차고 힘들어 그런 건물이며 자취들을 많이 없애 버렸다. 이제 와서 많이 후회스럽고 아쉬운 일인데 그런 가운데 거의 유일하게 남겨진 집이 현재의 문학관 건물이다.

시청으로부터 이 집의 활용을 허락받은 뒤, 나는 문학관으로 활용하자는 방안을 제안했고 또 그것이 시청으로부터 받아들여져서 오늘날 문학관이 되었다. 이것 역시 내가 문화원장을 했기에 가능한 일이라 할 것이다. 그런데 아무래도 내 이름을 넣어 '나태주문학관'으로 하는 것은 선뜻 마음에 내키지 않았다. 사람 이름보다는 작품 이름으로 가자 그래서 '풀꽃'으로 갔고 거기에 '공주'를 더 붙여 오늘날 '공주풀꽃문학관'이 된 것이다.

나아가 나는 공주시청에 문학상 제정을 제안했다. 기왕이면 풀꽃 이름을 넣어서 문학상도 제정해 주십시오, 해서 제정된 것이 풀꽃문학상이다. 문학관과 문학상이 처음 시작한 것은 2014년 10월. 올해로 문학상 시상은 벌써 7회를 맞고 있다. 거기에 더하여 2018년부터는 2일간이지만 아담한 대로 풀꽃문학제도 개최하고 있다. 이 또한 감사하고 꿈만 같은 일이다.

내가 이렇게 문학관과 문학상에 집착하는 것은 내 나름 위기의식 때문에 그런 것이고 또 스스로를 마이너라 생각하기에 그것을 극복하기 위한 하나의 방책으로 그런 것이다. 그동안 나는 문단 생활을 하면서 서울 바라기로 살았다. 우리나라의 경우 모든 매체가 서울에 몰려 있고 문학의 평가가 서울로부터 이루어지기 때문에 시골 출신으로는 늘 능력 부족의 한계를 느낀다. 저서 출간이나 문학상 수상 관계로 많은 목마름과 애달픔이 있었다.

그러나 이제 나는 나이 든 사람이 되었다. 상을 받는 사람보다는 상을 주는 사람이 되어야겠다. 그런 마음이 풀꽃문학관을 만들게 했고 풀꽃문학상을 제정하도록 했다. 나아가 나는 고향인 서천의 문인이신 신석초 선생 이름으로 문학상이 없는 것을 송구스럽게 여겨 신석초문학상을 제정하는 데에 힘을 보탰고(2016년부터), 미국에 거주하면서 한글로 시를 쓰는 문인들을 상대로 해외풀꽃시인상을 제정했으며(2017년부터), 공주의 원로 문인들과 힘을 합쳐 공주문학상을 제정해(2018년부터) 시상하고 있다. 문학을 하면서 받은 그동안의 은혜에 조금이라도 보답하기 위한 나름대로의 노력이다.

10. 시선집 《꽃을 보듯 너를 본다》

그동안 나는 버킷리스트를 실현한다는 심정으로 여러 권의 산문집을 썼고 또 기왕에 나온 시집들을 뒤적여 주제별로 여러 권의 시집을 찍었다. 그 가운데에는 잘 나간 책도 있고 초판 1쇄로 고사해 버린 책들도 있다. 이런 가운데 시선집 《꽃을 보듯 너를 본다》는 매우 특별하고도 고마운 책이다.

애당초 별로 기대하지 않고 찍은 시집이었다. 대전에서 문예지도 하고 출판사도 하는 반경환 대표에게 부탁해 찍은 책이다. 일단은 인터넷에 자주 오르내리는 나의 시편들을 골랐다. 거기에 내가 그린 서투른 그림을 삽화로 보탰다. 모든 편집을 내가 했다. 그런 뒤 책의 후반부에 인터넷에 오르내린 독자들의 촌평을 실었다. 시집 제목을 '꽃을 보듯 너를 본다'로 달고 또 그 위에 '나태주 인터넷 시집'이라고 붙였다.

그런데 이 책이 나가기 시작한 것이다. 이미 2015년도에 찍은 책이다. 그런데 이 책이 끝없이 나가는 것이다. 출판사에서 아무런 광고나 판촉 활동을 하지도 않았는데 말이다. 급기야는 전문 드라마 방송국의 피디와 드라마 작가의 요청으로 그 시집을 가져다가 드라마 내용으로 삼고 책을 방송에 노출하기까지 했다. 이것은 결코 간접광고로 출판사에서 의뢰한 일이 아니다.

그 결과 한 달 사이에 10만 부가 팔리는 놀라운 일이 벌어졌다. 이것은 결코 내가 노력하고 원해서 된 일이 아니다. 독자들이 원해서 된 일이다. 이런 데서도 나는 독자들의 놀라운 힘을 믿는다. 끝없이 들어오는 강연 요청 또한 독자들의 뜻에 의한 것이다. 그래서 나는 이쯤에서 유명한 시인, 유명한 시가 아니라 유용한 시인, 유용한 시를 꿈꾼다. 그런 만큼 시는 '세상에 보내는 러브레터'가 되어야 하고 시인은 '세상 사람들의 감정을 돌보아 주는 서비스 맨'이 되어야 한다고 생각한다.

현재 그 책은 48만 부가 팔렸으며, 국방부의 요청으로 대한민국 육군의 진중문고로 납품되었고, 전국의 노인회관에 보내는 시집으로 선정되었다. 또 태국어판으로 번역 출판

되었고 인도네시아어판과 일본어판으로 번역이 진행되고 있다고 들었다. 이 또한 나의 뜻이 아니고 세상의 요구와 뜻에 의한 것이다. 두루 감사한 노릇이다.

11. 멀리까지 온 길

어쨌든 멀리까지 온 길이다. 돌아갈 수가 없는 길이다. 돌아갈 기회도 없고 여력도 없다. 조금만 더 가면 된다. 그렇지만 하루하루를 최선을 다해서 살고 싶다. 엄중하게 살고 싶다. 최선을 다해서 살고 싶다. 평소 내 삶의 태도는 그러했다. '날마다 이 세상 첫날처럼, 날마다 이 세상 마지막 날처럼.' 문화원장을 하면서 거기에 한마디를 보탰다. '욕 안 얻어먹기와 밥 안 얻어먹기.' 이것만 제대로 해내기도 어렵다. 이제 여기에 한마디를 더 얹는다. '거절하지 않기와 요구하지 않기.' 그렇게만 살 수 있다면 얼마나 좋을까!

나는 이담에 죽으면 다시는 사람으로 세상에 돌아오고 싶지 않은 사람이다. 왜 그 지긋지긋한 사람 노릇을 또 한다고 자청한단 말인가! 굳이 온다면 그저 이름 없는 풀이거나 나무로 와서 잠시 마음 없이 머물다 소리 없이 스러지고 싶다. 누군가의 아들, 손자, 누군가의 제자, 누군가의 동생이거나 형님, 친구, 이웃. 더 나아가 누군가의 애인, 누군가의 남편, 누군가의 아버지, 누군가의 선생. 아, 이 모든 배역들이 나에겐 온통 서툴고 힘들고 어렵기만 했다.

그 가운데 시인 노릇이 가장 힘들고 어려웠다. 그런 만큼 보람도 있었고 감사도 있었고 은혜 또한 뒤따랐다. 지구라는 별에서 한국이란 동방의 작은 나라에 태어나 한국말과 한글을 아는 사람으로 살면서 시를 쓴 일을 고맙게 감사하게 생각한다. 나는 그것을 너무나도 잘 알고 있다. 이것은 다시금 태어나도 시를 쓰는 시인이 되고 싶다는 말하고는 다르다. 그 자체로 고맙다는 뜻이다. 그 역시 이번의 생으로 마감하고 싶다. 그래서 조금이라도 더 많은 시를 쓰고 싶고 더 좋은 시를 쓰고 싶다.

하지만 그 또한 내 마음대로 되는 일이 아니다. 다만 나는 최선을 다할 따름이다. 아침에 잠에서 깨어 일어나 맨 처음 내가 하는 일은 컴퓨터를 열어 시집 속에 탑재된 신작 시집의 원고를 살피는 일이고, 저녁에 잘 때도 거르지 않고 하는 일 또한 그 일이다. 어쩌면 오늘이, 이 순간이, 이 세상 나의 마지막 생일 것만 같아서.

제30회 소월시문학상

심사평

큰 위로와 깊은 공감을 주는 시

소월시문학상 심사위원회는 제30회 소월시문학상 수상자로 나태주 시인을 선정했다. 1986년에 처음 제정되어 제1회 수상자를 냈던 소월시문학상은 역대 수상자들의 면면이 보여주듯 우리 시詩문학사의 역사와 성취 그 자체였다. 2019년은 운영 규정을 새롭게 고쳐 시행하는 첫해인 만큼 그 수상자로 나태주 시인을 선정한 것을 기쁘게 생각한다.

나태주 시인은 1945년 충남 서천에서 태어났다. 1971년 《서울신문》 신춘문예로 등단하면서 시작詩作 활동을 시작해 그 누구보다 열정적으로 시 창작에 매진해 왔다. 등단 50년을 앞두고 있는, 관록을 자랑하는 시인으로서 자신만의 새로운 시 세계를 개척하고 갱신하고 성과를 확장하고 쌓아왔다. 특히 이즈음에 시인이 보여주는 진솔한 시편들은 간명하고 황홀한 언어의 활용으로 독자들의 많은 사랑을 받고 있다.

나태주 시인의 시편들은 그 시행이 짧지만 언제나 읽는

이들에게 깊은 공감과 감탄에 이르게 한다. 시상의 내부로 들어가면 갈수록 우주적이고 웅숭깊다. 위대한 자연과 삶의 세세한 풍경을 노래할 때 은은한 사랑과 순정의 마음이 별처럼 빛난다. 그의 시는 세상의 가장자리에서 태어나지만 세상 사람들의 목소리에 귀를 기울이고, 그들에게 부드럽게 다가가고, 또 연민의 마음으로 바라본다. 서정시의 첫 물줄기를, 본래 바탕을, 원류를 잊지 않고 지켜온 시가 곧 나태주 시인의 시다.

나태주 시인의 시는 무엇보다 큰 위로와 깊은 공감의 시다. 금번 소월시문학상 수상 시집인 《마음이 살짝 기운다》에 수록한 〈시작 노트〉에서 시는 다른 사람에 대한 위안과 어루만짐과 동행의 마음을 허락해야 한다면서 "(시인은) 한 마리 꿀벌처럼 부지런하고 선량한 생명체"여야 한다고 강조했듯이, 그의 시는 다른 사람과 더불어 살면서 얻은 깨달음이요, 세상의 길거리에서 주워 올린 마음의 보석이다.

또한 그의 시가 보여주는 무구한 상상력은 상찬하지 않을 수 없다. 가령 그는 수상 시집에 실린 시 〈물고기 그림— 석장리 시편1〉에서 이렇게 노래한다. '사과나 배 참외 수박이나 딸기 / 그런 과일들은 더 말할 것도 없지 / 우리가 그냥 그런 과일이 되어 버리는 거야 / 과일들이 가졌을 빛나는 시간들을 가지고 / 과일들과 함께 눈부신 햇살과 맑은 공기와 깨끗한 / 물이 되어 버리는 거야 / 그렇지 않고서는 정말로 배반이지 찬성이 아니야 / 찬성! 찬성 그래 찬성 말이야.'

눈이 맑은 아이의 목소리가 행간에서 들려오는 듯한 이 시가 잘 보여 주듯이 나태주 시인은 마음의 순수한 영토를 잘 지켜왔고, 이러한 점은 누구도 가질 수 없는 그만의 고유하고 부러운 자산이라고 하겠다. 소월시문학상의 새로운 운영 규정 시행도 반길 일이지만, 그 첫해 첫 영예의 수상자로 나태주 시인을 선정하게 된 것을 아주 흔쾌하게 여기는 이유다. 수상자에게 거듭 축하를 드린다.

소월시문학상 심사위원

권영민, 김남조, 김승희, 문태준, 오세영

작품론

시를 읽는 마음 – 나태주 시인을 위하여

_권영민(문학평론가)

나태주 시인의 《제비꽃 연정》을 펼쳐 본다. 편편이 곱고 밝아서 내 가슴 속 깊이 그윽해진 느낌이다. 시가 주는 감동이라는 것이 바로 이런 느낌이어야 한다는 것을 오랫동안 잊고 있었던 것 같다. 시는 인간의 심성 그 자체를 내용과 형식으로 해서 만들어진다. 마음속 깊이에서 우러나오는 말이 시가 된다는 뜻이다. 이런 생각은 동서고금에 두루 통한다. 나태주 시인의 시는 그 언어가 수다스럽지 않고 간결하다. 머릿속으로 짜내는 언어와는 그 결이 다르다. 이 언어의 간결함 속에서 삶의 다양한 경험과 느낌이 그대로 오롯하게 담긴다. 시적 형식의 균형을 부여하는 힘도 이 언어의 간결함에서 비롯된다.

1

나태주 선생의 시는 읽기 쉽다. 짤막한 형식에 그 언어 표현도 단순하다. 여기서 형식의 간결성은 잘 짜인 어떤 고정된 틀과는 상관없다. 오히려 일상적으로 사용하는 쉬운 말이 스스로 형식의 간결성을 추구한다고 말하는 것이 옳다. 읽기 '쉽다'는 말은 읽기 편하다는 뜻으로 보아도 된다. 시적 공감의 영역이 그만큼 넓고 그 감응력이 깊다는 뜻이다.

멀리서 바라보고
있기만 해도 좋아
가끔 목소리
듣기만 해도 좋아

그치만 아이야
너무 가까이는
오려고 애쓰지는 말아라
오늘은 바람이 많이 불고
하늘까지 높은 날

봄날이라도 눈물
글썽이는 저녁 무렵
나는 여기 잠시
너 보다가 날 저물면
돌아갈 사람이란다.

—〈제비꽃 연정1〉

앞의 시는 자연스럽게 읽힌다. 숨겨진 의미의 어떤 곡절
이 있는 것처럼 보이지도 않는다. 하지만 시적 화자는 대상
과의 거리를 조정하는 데에 관심을 기울인다. 대상과의 거리
문제는 시적 진술에서 의미의 긴장을 살려내기 위한 가장

중요한 요건이다. 거리가 무너지면 긴장이 깨지고 의미의 응축을 이루기 어렵다. 대상과의 거리 두기는 대상을 바라보는 화자의 태도와 그 보는 각도에 따라 속성이 달라진다.

　나태주 시인은 '가까이' 들여다보기와 '멀리서' 바라다보기를 적절하게 선택하면서 대상의 느낌을 조정한다. 이 시에서 화자는 '멀리서'라는 부사어를 활용한다. '너무 가까이는 / 오려고 애쓰지는 말아라'라는 표현도 이와 서로 의미가 통한다. 삶을 살아가는 데에 모든 것들과 적절한 거리를 유지하는 일이야말로 쉬운 일 같으면서도 까다롭다. 모든 사물은 가까이 보면 각각의 생김새와 성질이 뚜렷하게 드러난다. 그러나 가까이에서만 보면 그 사물이 존재하는 위상을 제대로 알아채기 어렵다. 다른 것들과 어떠한 관계를 맺고 있는지 어떻게 서로 어울리고 있는지를 알려면 조금 거리를 두고 바라보아야만 한다. 그래야만 전체 속에서의 개체의 모습이 드러난다. 이렇게 본다면 이 시는 일종의 미학적 거리두기를 통해 대상에 대한 시적 형상화에 성공하고 있는 셈이다.

　이 시의 제목에 등장하는 '제비꽃'은 우리 주변에서 흔히 볼 수 있는 들꽃이다. 이른 봄이면 뿌리에서 잎이 돋아나는데, 내가 어렸을 때 어른들은 이걸 '종지나물'이라고 불렀던 생각이 난다. 잎 사이에서 자라난 긴 꽃줄기 끝에 자줏빛의 꽃이 피어난다. 흰꽃도 더러 볼 수 있다. 노란색도 있다고 하는데 노랗게 꽃이 피는 제비꽃을 나는 본 적이 없다. 너무 흔하니까 언제나 무심히 지나쳐 온 작은 꽃이다. 그런데 제비꽃의 꽃말이 겸양謙讓이라고 식물도감에 표시되어 있다. 이 작은 꽃이 사랑과 성실과 정결을 상징한단다. 아마도 시인은 이런 뜻을 살려내려고 했는지도 모르겠다.

나태주 시인의 '쉬운 시'는 일상적 소재를 대상으로 한다. 생활 속에서 발견하고 느끼는 것들이 시의 내용을 구성한다. 이 풍부한 일상성은 독자들에게 친근감을 주는 만큼 시적 경험의 진실성에 다가간다. 여기에 시의 깊이가 담긴다.

일찍 찾아온
붉은 모란

여러 날
머뭇거리는 봄날

하얀 모란꽃
그 옆에 다시 피어

봄날이 더욱
길었습니다.

—〈긴 봄날〉

앞의 시는 아주 단순하다. 일상 속에서 흔히 볼 수 있는 것처럼 봄날 피어나는 모란꽃을 노래하고 있다. 그런데 문제는 이 시가 담아내는 서정의 깊이가 만만치 않다는 점이다. 시인은 '붉은 모란꽃'과 '하얀 모란꽃'이 각각 피어나는 시기가 이르고 늦은 미묘한 차이를 발견한다. 그리고 이 미묘한 차이를 '봄날'과 연결시켜 놓으면서 시적 상상력의 폭을 넓힌다. 시인에게는 '붉은 모란꽃'이 피어나는 순간부터 '봄날'의 아름다움과 기쁨이 충만하다. 물론 그 기쁨은 '하얀 모란꽃'이 피어나는 때까지 이어진다.

이 시에서 모란꽃과 함께 하는 봄날의 환희 속에 시인 자신도 묻혀 있다는 사실을 발견할 수 있게 되는 것은 어려운 일이 아니다. 시적 자아와 대상을 교묘하게 정서적으로 합치시키는 이른바 서정시에서의 '동일성의 미학'이 완벽하게 구현되고 있기 때문이다. 그러므로 이 시를 읽는 독자들도 그 오묘한 합일의 경지에 끼어들 수 있게 된다. 시는 그것을 애써 찾아 읽는 사람에게만 충만한 기쁨을 준다는 말이 있다. 이 시를 읽으면서 느끼는 봄날의 기쁨이 바로 그런 것이다.

2

나태주 시인의 시는 대화체의 말투로 시적 진술을 끌어가는 경우가 많다. 시인이 자신이 발견한 대상을 향해 자꾸만 말을 건다. 여기서 '말을 건다'는 것은 대상에 대한 시인의 관심을 표현하는 방법과 같은 것이라고 할 수 있다. 일상생활 속에서 우리는 누군가에게 자꾸만 서로 말을 건다. 말을

건네는 것은 그만큼 친숙하다는 뜻이지만 정서적 공감대를
함께 유지하고자 하는 소통의 방법이라고 할 수 있다.

여린 몸을
통째로 주셨군요

연둣빛 향을
함께 주셨군요

미안해요
고마워요

입안에 오래
머물다 가는 연정.

—⟨첫물차⟩

앞의 시에서 시인은 언어의 대화적 속성을 시적 진술 속
에서 그대로 살려낸다. 이 시의 서정적 특징을 이해하기 위
해서는 제목이 되고 있는 '첫물차'의 의미를 바르게 알아야
한다. 첫물차는 새봄에 처음 피어나는 찻잎을 따서 만든 차
를 말한다. 양력으로 4월 20일경이 절기상으로 곡우穀雨인
데 이 시기 전후에 수확한 차라는 뜻으로 '우전雨前'이라고
부른다. 봄에 처음에 나온 어린 찻잎으로 만든 것이니 맛과
향이 으뜸이다.

첫물차를 받아들고 시인은 어린 첫 잎에서 우러나오는 맛과 향에 감동한다. '연둣빛 향'이라는 공감각적 표현이 이채롭다. 차의 그윽한 향기에 연둣빛 색깔을 입히고 있는 시인의 뛰어난 감각이 돋보인다. 자연이 주는 최상의 선물 앞에서 시인은 차를 마시는 것조차 그저 미안하고 고마울 뿐이다. 그 맛의 여운이 '연정'으로 느껴지는 것도 그런 까닭이다.

여기서 주목해야 할 것이 시인의 말투로 이어지는 시적 진술이다. 하나의 목소리로 모든 사물을 포섭하는 방식과는 달리 상대를 향해 말을 하면서 내적 대화의 공간을 열어 간다. 그러므로 시적 진술 자체가 발화되는 순간의 소리를 그대로 담아낸다. 말의 살아 있는 숨결이 느껴진다는 뜻이다. 말이란 언제나 그 상대의 말을 다시 요구함으로써 상대와의 간격을 좁힌다. 상대의 말을 불러내고 상대로부터 듣게 되는 대답을 지향한다. 나태주 시인의 시는 이와 같은 시적 대화가 하나의 시 형식으로 발전하고 있다.

거기서 잘 계시나요?

네, 나도 여기서 잘 있어요

당분간은 숨도 쉬고

밥도 먹고 이야기도

할 것 같아요

그러나 언제 무엇이

어떻게 될지는

나도 모르겠어요

당신도 거기서

잘 계시나요?

거기 사람들 만나

더러 이야기도 나누고

차도 마시고

그러시나요?

네, 그러시기 바래요

나도 여기서 그럴게요.

—〈그럴게요〉

앞의 시의 진술은 '나'라는 화자가 하는 혼잣말처럼 보이기도 한다. 그러나 '당신'과 서로 나누는 말을 그대로 옮겨 놓은 것이라고 볼 수도 있다. 그러므로 '거기서 잘 계시나요?'라는 질문은 '나'의 물음일 수도 있고 '당신'이 '나'에게 던지는 말일 수도 있는 것이다. 이 질문에 이어지는 말은 하나의 어조로 통일된 듯하지만 두 개의 목소리가 함께 공존하는 시적 공간을 만들어 낸다. 그리고 여기서 드러나는 목소리가 그 속삭임을 통해 하나의 극적인 상황을 연출한다.

이 시의 내적 공간은 '여기'와 '거기'로 구획되고 있으며, 이 두 개의 공간에 '나'와 '당신'이 서로 떨어져 있다. 이러한 구분법은 '나'를 중심으로 삶의 현실 자체를 구획할 때 쉽게 행할 수 있는 구분법이다. '나'는 '여기'에 있고, '당신'은 '거기'에 있다. 그런데 이와 같은 이분법의 구분에도 불구하고 시인이 보여 주는 '나'와 '당신'의 존재법은 동일하다. 시의 제목으로 사용하고 있는 '그럴게요'라는 짤막한 대답이 이를 말해 준다. 더구나 이 시의 진술을 자세히 들여다보면 '거기' 있는 것이 '당신'이 아니라 '나'일 수도 있다. 시의 언어에서 발화와 진술의 주체는 자신이 서 있는 곳을 언제나 '여기'라고 한정하며, 상대방이 서 있는 곳을 '거기'라고 한다. '당신'이 '여기'에 있고 '거기'에 있는 것이 '나'라고 한다고 해도 시적 의미가 달라지지 않는다. 결국 삶이란 것은 누구든지 어디서든지 마찬가지임을 말하는 셈이다. 모든 사람은 다 그렇게 그런 모습으로 살아가고 있기 때문이다.

<h2 style="text-align:center">3</h2>

나태주 시인의 시는 삶의 한복판에서 대상으로서의 자연을 소중한 생명으로 다룬다. 일상적인 삶을 노래하면서도 인간과 자연이 조화롭게 살아야 한다는 생태적 상상력을 발휘한다. 도시적 문물을 중심으로 하는 일상만이 아니라 자연 속의 작은 생명력을 예찬하고 그 아름다움을 추구하는 것이 시인의 꿈이다.

안아 보자
안아 보자

너를 좀 안아 보자

그 마음이 하늘을 안게 하고

땅을 안게 하고

바다를 안게 한다

네 안아 보세요

안아 보세요

안아 보셔도 돼요

그 마음이

산을 안게 하고

강물을 안게 하고

나무를 안게 한다

이제 너는 나에게

하늘이고 땅이고 바다

이제 나는 너에게

산이고 강물이고 나무

끝내 너는 꽃이 되고

나도 꽃이 되고 싶어 한다.

—〈꽃이 되다〉

   앞의 시에서 시인이 생명의 순정함을 드러내기 위해 찾아낸 시어가 '꽃'이다. 시인은 이 시에서도 대상을 향해 말을 걸고 있다. 시적 진술 속에 여러 번 반복적으로 등장하는 '안다'라는 동사는 모든 것을 품고자 하는 너그러운 포용력을 뜻한다. 모든 것을 끌어안을 때에 그 속이 강물처럼 넓어지고 산처럼 높아지고 나무처럼 바르게 선다. 그리고 드디어 그 너그러움 속에서 새로운 생명의 '꽃'이 피어난다. 시인은 모든 존재의 고귀한 가치와 그 의미를 '꽃'이라는 시어로 바꾼다. 서로가 서로에게 '꽃'이 되어 안기는 순간이야말로 시인이 꿈꾸는 삶의 절정의 순간이다. 이 시는 인간의 삶과 그 포용력의 힘을 감동적으로 그려낸다. 그리고 인간의 삶의 의미를 '꽃'으로 형상화함으로써 생태적 상상력의 시적 가능성을 구현하고 있다.

그 골목에 처음 들어섰을 때
갓 피어난 라일락
우리말로는 수수꽃다리

여러 그루가
허리 굽혀
피어 있었다

어서 오세요
마치 나를 향해
절을 하는 듯 피어 있었다

고마워요 반가워요

이 골목 나올 때에도

그렇게 나오도록 해 주세요.

—〈그 골목〉

　시인 나태주는 서정성의 본질을 자기 정서에 대한 충실성에서 찾고자 한다. 소박하면서도 솔직하게 대상에 대한 자신의 감정을 노래할 때, 거기서 시적 상상의 자유를 누릴 수 있다는 생각이다. 그러므로 그는 모든 사물에 내재하는 생명의 힘을 찾아내고 그 존재의 참뜻을 확인하는 셈이다.

　앞의 시에서도 일상적인 말투가 살아난다. 말투가 살아난다는 것은 단순한 발화 자체를 뜻하는 것이 아니다. 이 시는 마지막 연에서 구어체의 말투를 직접적으로 드러내고 있는데, 이 말투는 혼자서 속으로 하는 말이라고 해야 옳다. 하지만 골목길에 갓 피어난 라일락꽃을 향해 시인이 하고 싶은 말이다. 시인의 마음속에서는 라일락꽃도 함께 인사를 해 올 것이기 때문에 시인의 목소리와 꽃이 들려주는 대답이 한데 어울려 대화의 공간을 만들어 낸다. 이 환상적인 대화의 공간이야말로 시인이 창조해 내고 있는 새로운 생명의 공간이다.

4

나태주 시인의 신작들을 넘겨보면서 시를 읽는 마음을 다시 생각한다. 시는 자신의 삶을 보다 높은 존재의 차원으로 끌어올리고자 하는 사람에게만 그 감동의 힘을 발휘한다. 시적 생활이라는 것은 시를 통해 정서의 풍요를 누리며 살아가는 것이다. 나태주 시인은 스스로 시가 인간의 아름다운 심성으로부터 빚어지고 있음을 보여준다. 그의 시는 마음의 흐름을 용케도 잘 따른다. 시가 마음을 말한 것詩言志이라는 평범한 진리를 여기서 확인할 수 있다.

나태주 시인은 쉽고 간결하게 언어를 다듬어 낸다. 언어를 갈고 닦는 일은 심성을 가다듬는 일과 서로 통한다. 거칠어진 언어를 가다듬어 가면서 시인은 자신의 시 세계를 높여 간다. 그의 시가 보여 주는 대중적 감응력은 모두 그 언어로부터 비롯된다. 그의 시는 곧 그 잘 다듬어진 언어의 꽃이라고 할 수 있다.

시는 그것을 찾는 사람의 곁으로만 가까이한다. 나태주 시인은 언제나 모든 사람의 곁으로 다가선다. 그리고 그 사람들에게 나지막한 목소리로 말을 건넨다. 그 목소리의 작은 울림에 모두가 감동한다. 자기 내부의 잠자는 시혼을 불러일으켜 놓고 있기 때문이다.

작가론

나의 아버지 시인 나태주

_나민애

1. 나는 시인의 딸이다

나는 시를 공부하는 연구자다. 대학에서 한국 문학을 공부했고 박사 학위며 평론 등단도 모두 한국 현대시 관련이었다. 그래서 나는 '어떤 시인 연구' 같은 글을 쓸 줄 안다. 그러니까 '나태주 시인론' 같은 글도 쓸 수 있을 것이다. 그러나 쓰지 않는다. 왜냐하면 나태주는 시인이기 전에 내 아버지이기 때문이다.

　원래 우리는 '내 아버지 나태주' 같은 주제에 대해서는 말하지도, 쓰지도 말자고 약속했었다. 그 약속을 나는 평론가가 되어 원고 청탁을 받기 시작하던 때부터 지금까지 지켜왔다. 시인 나태주는 평론가 나민애에 대해 언급하지 않고 감싸지 않는다. 평론가 나민애는 시인 나태주의 덕을 보지 않고 감싸지 않는다. 이것이 우리의 암묵적인 룰이며 최소한의 품위였다. 가족의 손을 빌어 끌어 주고 밀어주는 건 못난 일이다. 돈과 사람과 글을 빌리지 않는 집안을 명문이라고 한다. 우리는 명문이 아니지만 기꺼이 얼어죽을 자존심은 있었다.

　오늘날 그 약속은 조금 희미해졌다. 나는 아버지의 도움이 필요치 않고 아버지 역시 나를 의지하지 않는다. 각자 살고 있으니까 서로를 언급하는 일이 덜 부담된다. 그래서 회고의 기회가 왔을 때 글을 남기기로 했다. 사실 이 결정은 슬픈 일이기도 하다. 회고가 가능하며 자연스럽다는 것은 아버지와의 남은 시간이 더 짧아졌다는 말이기 때문이다.

시인이기도 하면서 아버지이기도 한 나태주에 대해서 내가 무슨 말을 보탤 수 있을까. 시인의 딸이면서 시를 공부하는 사람으로서 내가 무슨 말을 보탤 수 있을까. 적어도 남들이 알지 못하는 무엇인가를, 그러나 진실인 무엇인가를 적어야 회고담이라고 부를 수 있을 것이다. 그래서 나는 시간이 흘러 시인이 죽고 난 다음을 생각했다. 더 시간이 흘러 내가 죽고 나서를 생각했다. 그 세월 후에 단 한 명의 독자라도 있어 나태주 시인을 궁금해 한다면 알려 주고 싶을 일. 시에는 다 나와 있지 않은 일, 그러나 알고 보면 사실 시에 다 나와 있었던 일. 그런 일들이 이 회고담의 일부가 될 것이다.

2. 모든 것은 '막동리'에서 시작되었다

남들은 나태주 하면 '풀꽃'을 떠올린다. 풀꽃 시인 나태주. 맞는 말이다. 〈풀꽃〉 1, 2, 3편은 아버지를 국민 시인으로 만들어 준 고마운 작품이다. 아버지 개인으로는 〈풀꽃 3〉을 가장 애틋해 한다. 그 작품은 내 조카이자 아버지의 친손주를 위해 탄생한 작품이기 때문이다. 구체적인 인물이 있으니 그 작품에 애정이 가는 것이다. 그러나 나는 〈풀꽃 1〉이 가장 완벽한 작품이라고 본다. 뺄 것도 없고 더할 것도 없다. 탁 치고 들어와 탁 치고 나간다. 아버지의 작품 평에 유독 인색한 나도 이 시는 좋다고 말씀드렸다.

사실 나는 '아버지 시 참 좋다'고 말하는 일이 거의 없다. 이 점을 아버지는 늘상 서운해하셨다. 그런데 내가 평가에 인색해진 것에는 사정이 있다. 이걸 설명하려면 아버지의 작시법을 먼저 언급할 필요가 있다.

아버지는 누구보다 잔짐이 많은 편이다. 방에도 이것저것 잡동사니가 얼마나 많은지 청소기를 돌릴 엄두도 나지 않는다. 집을 나서면 들고 다니는 가방도 늘 무거워서 손잡이가 쉽게 헤진다. 아버지는 별 필요도 없는 것들을 잔뜩 챙겨 다니신다. 옷 주머니도 여기저기 불룩해서 펜을 찾으려면 한참 더듬더듬해야 한다. 대신 펜이 옷 안주머니, 바지 주머니 여기저기에 들어 있다. 아버지는 걸으면서 생각하고, 생각나면 멈춰 서서 시를 쓴다. 음식점에서는 냅킨에 볼펜으로 쓴다. 급하면 가방에 있는 봉투나 종이 가장자리를 북 찢어서 거기에 쓴다. 그것도 없으면 자기 손바닥에 쓰고, 손바닥에 자리가 없으면 손목에까지 글이 내려오는 것을 봤다. 그리고 집에 오면 그걸 종이에 옮겨 적는다. 역시 손글씨로 옮겨 적는다. 늘 손으로 적고 손으로 옮겨 적는다. 그 중간에 중얼중얼 시가 바뀌기도 한다. 그러고 나서 읽어 준다.

정리하자면 이렇다. 걷다가, 적다가, 집에 와서 옮겨 적다가, 식구들에게 읽어 주는 과정이 아버지의 시 쓰기 과정이다. 이건 내가 아버지는 시인이구나, 알게 된 이후 날마다접한 풍경이기도 했다. 나중에 자라서 듣기로는 시인 이하가 돌아다니며 시를 적고 비단 주머니에 넣었다가 집에 와풀었다는 이야기를 들었다. 그 이야기를 듣고 대번에 아버지를 떠올렸다. 아버지는 마치 빛나는 사금파리를 모두 모아 올 것처럼, 세상 제일 중요한 일이 있는 것처럼, 시를 모으러 바쁘게 돌아다니곤 했다.

제목은 이게 어때? 이 말은 이게 어때? 여기는 이게 어때? 대개 그날 쓴 작품을 어린 나와 어머니에게 읽어 주시곤 했다. 문제는 여기서 등장한다. 매일 시를 물어보니 좋을리가 없다. 좋은 말도 하루이틀이라는데 시평은 은근히 귀찮은 일이었다. 이 말과 저 말이 별 차이가 없는 것 같은데자꾸 물어보신다. 이게 좋으냐 저게 좋으냐 물어보길래 이게 좋다고 편을 갈라도 본인이 저게 좋으면 끝까지 저게 좋다고 쓴다. 그러면 왜 물어보는 건지 이해가 안 될 때도 많았다. 내가 집을 떠나 타지에 공부하러 간 후에도 아버지는전화를 걸어 본인이 그날 쓴 시를 읊어주곤 했다. 종종 짜증도 냈는데 지금은 좀 후회가 된다. 이제 아버지는 아버지의 시를 내게 읽어 주지 않는다. 언젠가부터 나는 서점에서시집을 사서 아버지의 시를 읽는다.

이런 기억은 양지의 것이며 웃으며 말할 수 있는 부분이다. 시기로 치면 내가 중학교 이후, 아버지가 중년이 된 이후쯤에 해당할 것이다. 풀꽃 시인 아버지는 낭만적이고, 어린애 같고, 자연을 사랑하는 그런 사람이 맞다. 퇴근길에 어머니에게 야생화를 꺾어다 주는, 둥글게 몸을 말고 앉아 몽당연필을 깎는, 작은 일에 감탄하고 눈을 반짝이는 사람. 보통의 대한민국 아버지 같지 않은 천진한 사람.

그런데 아버지는 맑기만 한 사람만은 아니었다. 맑음보다 먼저 존재했던 것은 어둠이었고, 나는 그 얼굴을 먼저 보았다. 내가 어려서 본 아버지, 특히나 젊은 시절의 아버지에게는 혈기나 광기 같은 것이 있었다. 폭풍우 치는 밤바다의 우르릉 같은 것, 말이 되지 못한 헐떡임 같은 것, 핏빛에 가까운 절망 같은 것. 어린 나는 그 어두운 아버지가 퍽 가여웠다. 우리 집에는 나랑 아버지, 이렇게 울보가 둘이었는데 젊은 아버지는 늘 어린 나보다도 한발짝 먼저 울었다. 아버지는 드라마, 영화, 다큐를 보다가도 껄껄 울기 잘했고, 그 곁에서 어린 나는 따라 울었다. 아버지는 술을 잡숫고 돌아오시면 소리치며 울기도 했는데, 그러면 영문도 모른 채 어린 내가 또 따라 울었다. 이기지도 못할 술을 말술로 드시고 와서, 밤새 괴로워하는 걸 보면 시쓰기란 참 몹쓸 일이구나 싶었다.

젊은 아버지는 다정하기도 했지만 짜증을 잘 내셨다. 사는 게 퍽퍽해서 그랬던 것을 지금은 안다. 그러나 어렸을 때는 아버지가 성내실 것 같다, 조심해야겠다 이렇게만 생각했다. 특히나 아버지가 예민해지던 곳은 막동리였다. 막동리에 가기 며칠 전부터 갔다 온 며칠 후까지 아버지, 어머니는 평소와 달랐다. 일 년에 명절 두 번, 제사 두 번, 생신 두 번 총 여섯 번 가는 곳이었다. 막동리는 우리의 생활 근거지가 아니었다는 말이다. 그런데 어린 나조차 곧 눈치채게 되었다. 모든 것은 막동리에서 시작되었다는 사실을.

충남 서천군 기산면 막동리는 내 조부모, 그러니까 나태주 시인의 부모가 터를 잡은 곳이다. 집은 작고 집 앞의 논밭은 생각보다 더 작았다. 가난한 농사꾼 집안의 장남이 바로 아버지였다. 그 밑으로 숙부, 고모들까지 총 여섯 남매가 아버지를 포함한 형제들이었다. 할아버지는 군인을 하셨다면 참 좋았을 분이셨는데 아쉽게도 그 능력을 군대가 아니라 집안에서 발휘하셨다. 할아버지에게 애정 어린 손길을 받았던 기억이 내게는 없다. 물론 아버지에게도 없을 것이다. 할아버지는 항상 더 잘난 자손이 될 것을 독려하셨던 분이다. 어린 나도 눈알을 굴리며 눈치만 봤다. 숨쉬기도 편치 않을 곳에서 아버지가 일찍부터 문학을 한다고 했으니 할아버지와 사이가 좋았을 리가 없다.

막동리에서는 할아버지가 법이고 신이었다. 내 생각에 아버지를 제외한 모든 형제들은 할아버지의 말을 엄청나게 잘 따랐다. 마치 하나의 종교를 섬기고 있는 신도들 같았다. 그리고 내 아버지와 아버지 밑의 식솔들만이 이교도인이었다. "나는 원래 삐딱했으니까." 아버지는 자칭 반항아였다. "오빠만 달랐어. 밭일 할 때에도 오빠는 골방에서 나오질 않았어." 고모들은 이렇게 이야기했다. 막동리 사람들은 물이고, 아버지는 물에 용해되지 못한 기름처럼 겉돈다는 사실을 누구든 알 수 있었다. 문제는 기름이 물을 사랑했다는 사실이다. 세상에나, 물을 사랑하는 기름이라니. 나는 아버지의 심장 일부가 막동리에 묻혀 있다고 생각한다. 아버지는 할아버지에 대한 인정 욕구가 대단히 크면서도 할아버지의 세계관에 맞서 가장 거세게 반기를 들었다. 이 슬픈 싸움은 아버지를 오래 괴롭혔고, 오래 흔들었고, 또한 살게도 했다.

　누가 내게 가장 좋아하는 아버지 시집을 묻는다면《대숲 아래서》라고 대답하고 싶다. 많은 사람이 밀리언셀러인《꽃을 보듯 너를 본다》를 사랑하겠으니 그 시집은 내게까지 사랑받지 않아도 된다. 대신 나는 아버지의 첫 시집《대숲 아래서》를 좋아하겠다. 막동리 할아버지댁 뒷산은 우리 선산이었는데 그 선산에 오르는 길목부터 선산 중턱까지 내내 대숲이었다. 바람이 부는 대숲에선 댓잎 스치는 소리가 났다. 그러니 대숲 아래서란 막동리 할아버지 집을 말한다. 뿐일까. 대숲 아래란 나승복 씨의 말 안 듣는 장남이 처박혀 있던 골방이고, 골방 안에서 깊어지던 시인의 영혼이다.

　그 시집 뒷면에 보면 젊은 나태주 시인이 대숲을 배경으로 찍은 사진이 있다. 할머니 할아버지의 얼굴을 그대로 닮은, 젊고 예민한 시인이 거기에 있다. 물론 내가 태어나기 전이니 나는 모르는 얼굴이지만 보는 순간 알 수 있었다. 아, 내 아버지에게 깃든 어둠의 원형이 여기 있구나. 이제 아버지에게서 어둠은 쏘옥 빠져나가 찾을 수가 없다. 요사이도 아버지는 드물게 우시는데 그 모습이란 예전과 달라서, 서럽게 어깨를 들썩일 뿐이다. 대숲은 여전히 바람에 흔

들리며 오십 년 전처럼 울고 있을 텐데, 그때의 젊은 시인
은 이제 없다.

3. 모든 것은 아내가 알고 있다

사실 회고록은 나보다 어머니가 써야 옳다. 내 어머니이자
시인의 아내인 김성예 여사는 나태주 관련 대한민국 최고
의 전문가다. 그러나 어머니는 회고담 같은 것을 쓸 생각이
전혀 없다. 그녀에게 시인 나태주는 회고의 대상이 아니라
언제나 현실이기 때문이다.

알다시피 모든 예술가에게 뮤즈는 절대적이다. 이런 말
은 관념적이어서 피부에 닿지 않는다. 그런데 내 경우에, 예
술가와 뮤즈에 각각 나태주와 아내를 대입하면 금방 실감
이 된다. 나태주 시인에게 그의 아내는 정말 중요하다. 시
인에게 그녀는 최초의 뮤즈가 아니지만 분명 마지막 뮤즈
이며 동시에 가장 오래된 구원자다. 만약 김성예 여사가 이
세상에서 사라진다면 남겨질 시인의 애절함이란 장을 아홉
번 끊는 것으로 끝날 수 없을 것이다.

그녀는 나태주 시인의 흑역사를 기억하고 있으며 시인조
차 모르는 시인의 모든 것을 정확히 계측한다. 이를테면 시
인이 좋아하는 음식, 과로 수준, 인지하기 이전의 속내까지
본인보다 더 정통해 있다. 이를 테면 "네 아버지 주무셔야
한다. 연락하지 마라"고 하면 그 말을 반드시 따라야 한다.

물론 아내 김성예가 처음부터 영혼의 이해자였던 것은 아니다. 시인의 작품 세계에 아내가 몹시 자주 등장하기는 하지만, 시의 초기부터 그랬던 것은 아닌 것처럼. 사실 그들은 극도로 다른 유형의 사람이다. 현재 칠십 대 노인이 된 시인과 그 아내는 한 쌍의 목안木雁처럼 다정하지만 사람들의 예상과 달리 중매결혼으로 만난 사이였다. 김성예 여사는 예비 남편이 키가 작아도 초등학교 선생이니 착실하겠구나 생각하고 시집왔다. 맞선남이 시인이라는 것을 알았더라면 보따리를 싸서 도망갔을 매우 현실적인 여성이기도 했다. 바로 이 점이 젊었던 두 사람을 힘들게 했고, 노인이 된 두 사람을 행복하게 한다고 나는 생각한다.

젊은 시절의 시인은 세상에서 예술이 가장 중요한 것처럼 살았다. 존재하지도 않는 시를 얻기 위해서라면 일상의 세계쯤은 가뿐히 날려버릴 줄 아는 타입이었다. 충동적인 기질과 이상적인 기질이 예술이라는 접점 안에서 시너지를 일으켰다는 말이다. 불행히도 두 아이의 엄마였던 김성예 여사에게 이런 시너지는 달갑지 않았다. 젊은 시인은 월급 봉투를 타면 기분 내키는 대로 써 버리는 스타일이었다. 반면에 아내는 월급봉투를 받으면 먼저 한 달 치 쌀값, 연탄값, 전기세, 수도세부터 따로 떼놓고 나머지 돈으로 어떻게든 한 달을 버텼다.

다행스러운 점은 이 두 사람 모두 연민이 강했다는 것이다. 시인은 자기 자신을 연민했으며 또한 다른 사람들을 쉽게 연민했다. 원래 연민이란 가장 가엾고 약한 사람에게 흐르는 것이다. 때문에 시인의 연민은 아주 자연스럽게 아내에게 향할 수 있었다. 가난한 자신에게 시집 와 함께 가난해진 아내를 시인은 연민하지 않을 수 없었다. 게다가 두 사람은 객관적으로 봐도 무친하고 불운한 인사들이었다.

내 기억에 어머니와 아버지는 아픈 날이 많았다. 그들은 번갈아서 아팠다. 병원에서 배를 열었고, 꿰맨 배가 아물지 않은 채 집에 왔다. 젊은 부부에겐 돈이 없었고, 도와줄 주변도 없었고, 돌봐 줄 어른도 없었다. 서로에게 잡을 손이 서로밖에 없었다는 말이겠다. 고난 속에서 남편과 아내는 서로 닮아갔던 것 같다. 자식으로서는 감사한 일이다.

시인은 퍽 예민한 사람이었고 아내는 퍽 무감한 사람이었다. 시인은 작은 일에 흔들리고 괴로워했지만 아내는 큰일부터 생각하고 잠은 편히 자는 사람이었다. 시인은 속이 상하면 밥부터 내던졌지만 아내는 속이 상하면 밥부터 든든히 챙겼다. 개중 아내의 가장 큰 강점은 모성애가 남달랐다는 것이다. 시인은 아내에게 미안해하면서 날카로움을 줄여갔고, 아내는 남편을 감싸 주었다.

시인 나태주는 당신의 외할머니 품에서 외할머니의 아들로 살았다. 그래서 친어머니의 애정을 결핍하고 갈구하는 경향이 있었다. 보편적으로 어머니란 그 말만 들어도 좋은 존재지만 이 좋은 존재가 둘씩이나 되는 건 결코 축복이 못 된다. 실제로 나 어릴 적 우리 집에는 내 친할머니보다 아버지의 외할머니가 자주 오셨다. 시인 아내의 입장에서 보면 시어머니가 두 분인 셈이니 편했을 리 없다. 이런 사정

마저도 아내는 대개 이해하고 용서해주는 편이었다. "네 아버지 니가 이해해라." 내가 화를 내면 어머니는 이런 말을 자주했다. 정작 어머니를 위해 화를 내고 있을 때에도 어머니는 남일처럼 말하곤 했다. 내가 모르는 무엇인가를 어머니는 알고 있었다. 지나고 보니 어머니는 아버지를 불쌍하게 생각하신 것 같다. 분명한 사실은 긴 세월 동안 아버지가 어머니 덕에 많이 변했다는 것이다. 때로는 내 어머니가 아버지의 또 다른 어머니 같다는 생각이 들 정도다. 덕분에 서로가 서로에게 구원인 관계를 나는 멀찍이서 감사하게 바라보고 있다.

4. 아버지는 시인이다

아버지 주변에 있는 사람들은 아버지에 대해 제각기 다른 평가를 내린다. 독한 사람이라고 말하는 사람도 있고, 존경스런 사람이라고 말하는 사람도 있다. 성격 엄청 급하다고 말하는 사람도 있고, 대단히 좋으신 분이라고 말하는 사람도 있다.

사실 나는 아버지를 볼 때 조금 다른 특성을 떠올린다. 뭔가 정확한 표현은 찾기 어렵지만 나는 아버지의 영혼에 강인한 뭔가가 있다고 생각한다. 그것을 기감이라고 말해야 할지 생명력이라고 말해야 할지 집념이라고 말해야 할지 모르겠는데 아버지의 영혼에는 강렬한 어떤 힘이 있다.

아마 아버지는 시인이 안 되었으면 관상가나 역술인이 되었을지도 모른다. 본인은 알게 모르게 느끼고 있을 것이다. '어, 뭔가 있는데'라고 느끼는 부분이 다른 사람과는 조금 다르다. 다르기도 하거니와 아버지는 정신적인 부분을 엄청나게 중요시하는 분이다. 예를 들자면 정신적인 부분이 일상에 미치는 영향력이 몹시 강하다. 아버지는 몸의 힘으로 사는 것이 아니라 정신의 힘으로 칠십 평생을 끌고 왔다. 남들과 다른 것을 찾고, 포기를 모르고, 자기 한 우물 파는데 지치질 않는다. 지금도 시집 정서正書나 교정도 삼일 밤낮을 새워 기어이 해낸다. 일의 속도나 양을 보아서는 나 민애를 세 명 동원해도 못할 수준이다. 겉으로 봐서는 굉장히 조용하고 순순해 보이는 인상인데 아버지는 기실 내가 접한 사람 중에 가장 강한 영혼의 소유자다.

한때 아버지가 몹시 아팠던 탓에 장례식을 준비하던 시절이 있었다. 중환자실에 입원해 있었고 옆 병상의 환자들은 입으로 피를 토하며 지하 영안실로 내려갔다. 아버지는 한 달 이상 그곳에 있었다. 배가 만삭 임산부처럼 불렀고, 얼굴은 산 사람의 얼굴빛과는 멀었다. 그때 나는 마음속으로 아버지를 포기하고 있었다. 도저히 살 수 없어 보였는데 헛되게 희망하는 것이 더 괴로웠기 때문이다.

아버지의 새여울 동인, 내 어린 시절의 삼촌들, 시인 동료들이 가끔 방문했다. 위독한 아버지에게 마지막 인사를 하려고 중환자실의 정해진 면회 시간을 기다렸다가 한 명씩 들어갔다. 아버지의 의식은 있다가도 없고, 없다가도 있었다. 가족의 시간을 아버지의 친우들에게 양보할 때 나는 보았다. 우는 면회자를 죽어가는 환자가 위로하고 있었다. "울지 마. 우리는 형제야"라고 말하는 것을 들었다. 병원의 각종 지수는 아버지가 이지理智는커녕 의식도 챙길 수 없을 것이라고 말했다. 그러나 아버지의 정신은 결코 그렇지 않았다. 그때 나는 아버지가 살지도 모른다고 처음으로 생각했다.

불행인지 다행인지 그 강인한 정신력을 나는 물려받지 못했다. 초저녁에 쪽잠을 자고 한밤에 일어나 새벽까지 일하는 열정. 수술 후 피가 흐르는 복대를 갈아가며 앉은뱅이 책상에 앉아 있던 집념. 시를 쓰지 못하면 죽어 버리겠다는 오기. 나는 그것을 보았을 뿐, 담을 수는 없었다.

쓰다 보니 나는 아버지에 대해 퍽 많은 것을 알고 있구나 싶다. 아마 오늘 해가 지고 내일 해가 뜰 때까지도 나는 지치지 않는 이야기를 할 수 있을 것이다. 반대로, 이 글을 다 쓰고 보니 나는 나태주 시인에 대해 아직도 모르는구나 싶다. 되돌아보면 사실, 딸로서의 내가 하고 싶은 말도 할 수 있는 말도 다음의 간단한 한 문장뿐이다. 내 아버지 나태주는 온통 '시인'이다.

나태주 연보

- 1945년 3월 17일(음력 2월 4일, 호적에는 양력 3월 16일로 기록됨) 忠南 舒川郡 時草面 草峴里 홍현부락 111번지 외가에서 출생. 아 버지 羅承福 님. 어머니 金敬愛 님. 이후 부모와 함께 친가와 외 가를 오가며 지내다가 3세 때부터 외가('곅뜸'마을)에서 외할머 니(金順玉 님)에게 맡겨져서 길러짐. 호적상 이름은 秀雄이고 아 명은 永柱.

- 1951년(6세) 풋감 떨어지는 무렵(9월) 친가인 麒山面 幕洞里 24 번지 '집너머마을'로 돌아와 기산면 梨寺里 기산초등학교 이사 분교 1학년에 입학(전쟁으로 정상적인 입학을 하지 못함).

- 1952년(7세) 이사분교에서 본교인 기산초등학교 2학년에 옮겼 으나 학교 가기 싫어 어머니한테 매 맞고 5월부터 집에서 쉬다 가 외가 마을의 시초초등학교 2학년으로 전학. 다시 외할머니 와 함께 살게 됨. 2월 7일 아버지 징집영장에 의해 논산훈련소 에 입대.

- 1955년(10세) 2월 10일 아버지 36개월간 군대 생활 마치고 의 가사 제대.

- 1957년(12세) 시초초등학교 졸업(33회). 서천중학교 입학. 다시

친가인 기산면 막동리로 돌아감.

- 1958년(13세) 10월경, 하교길에 자동차 사고로 오른쪽 눈을 크게 다침(몇 달간 학교 다니지 못함). 겨울에 서천 읍내에서 하숙 생활.

- 1960년(15세) 서천중학교 졸업(12회). 공주사범학교 입학. 1년 동안 외할머니께서 공주에 와 밥해주심. 나중에 시인과 변호사가 된 金洞玄(당시 이름 金奇鍾)을 급우로 만나고 스스로 시인이 되기로 결심함(김동현은 뒤에 누이동생 熙柱의 남편이 됨).

- 1961년(16세) 일본식 이름 秀雄을 泰柱로 개명.

- 1962년(17세) 시〈戀歌抄〉를《중도일보》에, 시〈길〉을 공주대학 학보인《웅진계보》에, 시〈항아리〉를 교지《月落》에 각각 발표. 공산성에서 열린 4·19기념 학생 백일장 시부에서 차상 입상.

- 1963년(18세) 공주사범학교 졸업(10회). 1년간 공주·서울 등지를 떠돌며 무위도식.

- 1964년(19세) 5월 6일 경기도 연천군 군남초등학교 옥계리분실 교사로 첫 발령. 김동현과 2인 동인지《구름에게 바람에게》 1집을 대구에서 프린트 판으로 출간.

- 1965년(20세) 군남초등학교 본교로 돌아옴. 이때 또 외할머니 따라와 계심.《구름에게 바람에게》2집 출간.

- 1966년(21세) 8월 24일 육군 입대. 논산훈련소 부관부 사병으로 근무.

- 1968년(23세) 7월에 월남주둔 비둘기부대 사병으로 근무(1년 간). 시 〈南國의 太陽〉, 〈월남의 애기들에게〉, 〈乾期에〉등을 《전 우신문》에 발표.

- 1969년(24세) 7월 26일 육군 제대. 9월에 경기도 연천군 전곡 초등학교 교사로 복직. 이때 인천 출신의 동직원 교사에게 실 연을 당하고 동시를 습작하며 시심을 되찾고자 노력함.

- 1970년(25세) 9월에 충남 서천군 마서면 서남초등학교 교사로 전보. 이때 또 외할머니 따라와 계심(언제나 몸이 안 좋거나 위기 상황에는 외할머님이 옆에 계셨음).

- 1971년(26세) 《서울신문》 신춘문예에 시 〈대숲 아래서〉가 당선 되어 데뷔(심사위원 朴木月·朴南秀 선생). 9월에 고향 마을에 있 는 기산면 월기초등학교 교사로 전보.

- 1972년(27세) 시 동인지 《새여울》을 창간. 전북 정읍에 살고 있 던 李準冠 시인과 文通 시작하면서 상호 방문.

- 1973년(28세) 제1시집 《대숲 아래서》(서울: 예문관) 출간. 10월 21일 부여군 충화면 가화리 처녀 金成禮(청풍 김씨, 음력 1949년 4월 20일, 己丑생)와 장항미라미예식장에서 박목월 선생 주례로 혼인.

- 1974년(29세) 아내, 3월과 4월 두 차례에 걸쳐 수술을 받음(장항구세의원과 군산개정병원).

- 1975년(30세) 3월에 장항중앙초등학교 교사로 전보. 2월 13일 (양력) 할머니 세상 뜨심.

- 1976년(31세) 1월에 속초의 李聖善 시인을 방문, 광주의 宋秀權 신인과도 문통. 이후 셋이서 자주 만나고 지냄. 3월에 마산면 마산초등학교 교사로 전보.

- 1977년(32세) 아들 炳允 출생(양력 4월 15일생). 제2시집《누님의 가을》(대전: 창학사) 출간.

- 1979년(34세) 딸 民愛 출생(양력 6월 26일생). 3월에 공주교육대학부설초등학교 교사로 전보. 10월경에 처음으로 공주시 금학동 186-6에 집을 마련. 제3회 흙의 문학상(대통령상) (수상작: 연작시 〈幕洞里 素描〉) 수상(한국문화예술진흥원). 權善玉·丘在期와 3인 시집《母音》(대전: 창학사) 출간.

- 1980년(35세) 한국방송통신대학(초등교육과) 입학. 제3시집《幕洞里 素描》(서울: 일지사) 출간.

- 1981년(36세) 12월 25일 외할머니 세상 뜨심. 산문집《대숲에 어리는 별빛》(서울: 열쇠사) 출간. 제4시집《사랑이여 조그만 사랑이여》(서울: 일지사) 출간.

- 1982년(37세) 4월에 아들 병윤 신우신염으로 충남대학병원에 입원. 9월에 아내 대전성모병원에서 세 번째 수술.

- 1983년(38세) 제5시집 《변방》(대전: 신문학사) 출간. 제6시집 《구름이여 꿈꾸는 구름이여》(서울: 일지사) 출간.

- 1984년(39세) 6월에 신장결석으로 충남대부속병원에서 입원 수술. 산문집 《절망, 그 검은 꽃송이》(서울: 오상사) 출간. 동시집 《외할머니》(대전: 신문학사) 출간.

- 1985년(40세) 한국방송통신대학을 졸업하고 충남대학교 교육대학원에 입학. 초등학교 교감자격연수를 받음. 3월에 공주군 호계초등학교 교사로 전보. 제7시집 《굴뚝각시》(서울: 오상사) 출간. 제8시집 《사랑하는 마음 내게 있어도》(서울: 일지사) 출간.

- 1986년(41세) 제9시집 《목숨의 비늘 하나》(서울: 영언문화사) 출간. 제10시집 《아버지를 찾습니다》(서울: 정음사) 출간.

- 1987년(42세) 제11시집 《그대 지키는 나의 등불》(서울: 고려원) 출간. 합본시집 《젊은 날의 사랑아》(서울: 청하출판사) 출간.

- 1988년(43세) 충남대학교 교육대학원 수료(교육학 석사). 시선집 《빈손의 노래》(서울: 문학사상사) 출간. 제32회 충남문화상 (문학 부문, 충청남도지사) 수상.

- 1989년(44세) 3월에 충남 청양군 문성초등학교 교감으로 승진

발령. 제12시집《추억이 손짓하거든》(서울: 일지사) 출간.

• 1990년(45세) 3월에 충청남도교육연수원 장학사로 전직 발령.
제13시집《딸을 위하여》(대전: 대교출판사) 출간. 제14시집《두
마리 학과 같이》(서울: 진솔출판사) 출간.

• 1991년(46세) 아내 5월에 충남대학 부속병원에서 네 번째 수
술. 8월에 금학동 187번지 대일아파트 3동 903호로 이사. 제15
시집《훔쳐보는 얼굴이 더 아름답다》(서울: 일지사) 출간. 제16
시집《눈물난다》(서울: 전원출판사) 출간. 한국시 대표시인 100
선 81권으로 시선집《추억의 묶음》(서울: 미래사) 출간.

• 1992년(47세) 시선집《네 생각 하나로 날이 저문다》(서울: 혜진
서관) 출간. 시선집《손바닥에 쓴 서정시》(대전: 분지출판사) 출
간.

• 1993년(48세) 4월부터 한국문인협회 충남지회장으로 일 봄(2년
간).

• 1994년(49세) 제17시집《지는 해가 눈에 부시다》(서울: 현음사)
출간. 제18시집《나는 파리에 가서도 향수를 사지 않았다》(대
전: 분지출판사) 출간.

• 1995년(50세) 부모님 고희기념문집《하늘에 해와 달이 하나이
듯이》(대전: 분지출판사) 출간. 3월에 한산 건지산회관에서 고희
기념문집 출판기념회 개최. 3월에 논산시 호암초등학교 교감으

로 발령. 제19시집《천지여 천지여》(대전: 분지출판사) 출간. 시
낭독 모임인〈금강시마을〉회원으로 활동 시작.

- 1996년(51세) 제20시집《풀잎 속 작은 길》(서울: 고려원) 출간.

- 1997년(52세) 제2회 현대불교문학상(수상작: 시〈기쁨〉, 현대불
  교문학회) 수상. 산문집《추억이 말하게 하라》(대전: 분지출판사)
  출간.

- 1998년(53세) 대전대학교 문예창작과 출강(1학기). 초등학교
  교장 자격 연수 받음.

- 1999년(54세) 9월에 공주시 왕흥초등학교 교장으로 승진 발령.
  한국시인협회 심의위원. 첫 번째 시화집《사랑하는 마음 내게
  있어도》(서울: 혜화당) 출간. 산문집《외할머니랑 소쩍새랑》(대
  전: 분지출판사, 이 책은 두 권의 산문집《대숲에 어리는 별빛》과《절
  망, 그 검은 꽃송이》에 실린 글을 가려 뽑아 만든 책임) 출간.

- 2000년(55세) 9월에 공주시 상서초등학교 교장으로 전보. 제21
  시집《슬픔에 손목 잡혀》(서울: 시와시학사) 출간. 선 시집 3권
  《슬픈 젊은 날》,《나의 등불도 애닲다》,《하늘의 서쪽》(서울: 토
  우출판사) 출간. 산문집《쓸쓸한 서정시인》(대전: 분지출판사) 출
  간. 10월 3일 상서초등학교 교정에서 시선집 3권과 산문집 3권
  에 대한 출판기념회 개최. 2000년 가을호부터 계간문예지《불
  교문예》편집 주간을 맡음. 제2회 박용래문학상(수상작: 시집
  《슬픔에 손목 잡혀》, 대전일보사) 수상.

- 2001년(56세) 3월부터 공주녹색연합 초대 대표 일을 맡음(2년 간). 공주문화원 감사에 위촉. 5월 4일 이성선 시인 별세를 계기로 宋秀權·李聖善과의 3인 시집《별 아래 잠든 시인》(서울: 문학사상사) 출간. 제22시집《섬을 건너다보는 자리》(서울: 푸른사상사) 출간.

- 2002년(57세) 3월부터 한국문인협회 공주지부장의 일을 맡음 (2년간). 공주대학교 평생교육원 문예창작반 출강(1학기). 제23시집《산촌엽서》(서울: 문학사상사) 출간. 산문집《시골사람, 시골선생님》(서울: 동학사) 출간. 제7회 시와시학상(수상작: 시집《산촌엽서》, 시와시학사) 수상. 5월에 지역문학인회를 결성하고 공동좌장의 일을 맡음. 11월에 월간《현대시》에서 발행하는 《시를 사랑하는 사람들》공동주간에 위촉됨.

- 2003년(58세) 공주대학교 평생교육원 문예 창작반에 다시 출강(1학기). 4월 30일 대전 을지대학병원에서 두 번째 신장결석 수술을 받음.

- 2004년(59세) 제14회 편운문학상 본상(편운문학상 운영위원회) 수상. 제2회 향토문학상(한국지역문학인협회, 광주) 수상. 9월에 장기초등학교 교장으로 전보. 화갑기념문집《나태주 시인앨범》 (대전: 문경출판사)과《나태주의 시세계》(대전: 분지출판사) 출간. 11월 27일 장기초등학교 강당에서 화갑기념문집 출판기념회 개최. 동화집《외톨이》(서울: 계수나무출판사) 출간.

- 2005년(60세) 제24시집《이 세상 모든 사랑》(서울: 일지사) 출

간. 제25시집《쪼끔은 보랏빛으로 물들 때》(서울: 시학사) 출간. 산문집《아내와 여자》(서울: 푸른사상사) 출간.

- 2006년(61세) 한국시인협회 심의위원장에 선임(오세영 회장). 제 26시집《물고기와 만나다》(서울: 문학의전당) 출간. 시선집《이야 기가 있는 시집》(서울: 푸른길) 출간.《나태주 시 전집(4권)》(서울: 고요아침) 출간. 시선집《오늘도 그대는 멀리 있다》(서울: 고 요아침) 출간.

- 2007년(62세) 제2대 충남시인협회 회장에 선임. 3월 1일부터 8 월 20일까지 대전 을지대학병원과 서울아산병원에서 투병 생 활 끝에 퇴원(병명은 담즙성 범발성 복막염과 급성췌장염). 8월 31 일 자로 장기초등학교에서 43년 3개월간의 초등교단 정년퇴 직. 황조근정훈장 수훈. 12월 3일 대전 KBS 공개홀에서 김애란 피디의 주선으로 〈작은 음악회〉 개최. 제27시집《새가 되어 꽃 이 되어》(서울: 문학사상사) 출간.

- 2008년(63세) 제28시집《눈부신 속살》(서울: 시학사) 출간. 산 문집《공주, 멀리서도 보이는 풍경》(서울: 푸른길) 출간. 산문집 《꽃을 던지다》(서울: 고요아침) 출간.

- 2009년(64세) 5월에 다시 서울아산병원에서 두 차례의 수술(담 낭과 간장 일부 절제). 7월에 공주문화원장에 당선·취임. 육필 시 집《오늘도 그대는 멀리 있다》(서울: 지만지) 출간. 두 번째 시화 집《너도 그렇다》(대전: 종려나무) 출간. 선 시집《오늘의 약속》 (대전: 분지출판사) 출간. 사진시집《비단강을 건너다》(김혜식 사

진, 서울: 푸른길) 출간. 41회 한국시인협회상(수상작: 시집《눈부신 속살》, 한국시인협회) 수상.

- 2010년(65세) 제29시집《시인들 나라》(서울: 서정시학사) 출간. 한지활판시집《지상에서의 며칠》(서울: 시월) 출간. 산문집《돌아갈 수 없기에 그리운 보랏빛》(서울: 푸른길) 출간. 산문집《풀꽃과 놀다》(서울: 푸른길) 출간. 공주문화원 총서로 산문집《공주를 사랑한 문화예술인들》(서울: 푸른길) 출간.

- 2011년(66세) : 제30시집《별이 있었네》(서울: 토담미디어) 출간.

- 2012년(67세) 제31시집이며 세 번째 시화집인《너를 보았다》(대전: 종려나무) 출간. 제32시집《황홀극치》(서울: 지식산업사) 출간. 산문집《시를 찾아 떠나다》(서울: 푸른길) 출간. 사진시집《계룡산을 훔치다》(서울: 푸른길) 출간.

- 2013년(68세) 외손자 최유찬(崔有燦) 출생(7월 4일). 7월에 공주문화원장에 재선. 제33시집《세상을 껴안다》(대전: 지혜) 출간. 사진시집《풀꽃향기 한줌》(김혜식 사진, 서울: 푸른길) 출간. 한국대표명시선 100권 중 한 권으로 시선집《멀리서 빈다》(서울: 시인생각) 출간. 산문집《사랑은 언제나 서툴다》(서울: 토담미디어) 출간. 시선집《사랑, 거짓말》(서울: 푸른길) 출간. 첫시집《대숲 아래서》(대전: 지혜) 출간 40년 만에 복간. 제24회 고운문화상(고운문예인상 부문, 수원대학교) 수상. 자랑스러운 충남인상(충청남도지사) 수상.

- 2014년(69세) 시선집 《울지마라 아내여》(서울: 푸른길) 출간. 두
번째 시집《누님의 가을》(대전: 지혜) 37년 만에 복간. 산문집《날
마다 이 세상 첫날처럼》(서울: 푸른길) 출간. 고희기념문집《그리
운 등불》(대전: 분지출판사) 출간. 영역 시집 (최영의 번역)《A Few
Days on Earth》(서울: 푸른길) 출간. 제34시집《자전거를 타고 가
다가》(서울: 푸른길) 출간. 제35시집《돌아오는 길》(서울: 푸른길)
출간. 윤문영 글 · 그림《동화집 풀꽃》(서울:계수나무) 출간. 시
선집《풀꽃》(대전: 지혜) 출간. 공주시의 도움으로 공주풀꽃문학
관 개관(10월 17일). 풀꽃문학상 제정(운영위원장 이준관), 제1회
시상(수상자: 윤효 시인). 제26회 정지용문학상(수상작: 시집《세
상을 껴안다》, 지용회) 수상. 충남문화원연합회장 당선(3년).

- 2015년(70세) 제36시집《한들한들》(서울: 밥북) 출간. 산문집
《꿈꾸는 시인》(서울: 푸른길) 출간. 시화집《꽃을 보듯 너를 본
다》(대전: 지혜) 출간. 영역 시집(서승주 번역)《사랑하는 마음 내
게 있어도》(서울: 푸른길) 출간. 사진 시집(김혜식 사진)《공주사
람이 그리운 공주》(대전: 문화의힘) 출간. 시선집《지금도 나는
네가 보고 싶다》(서울: 푸른길) 출간. 시화집(한아롱 그림)《오래
보아야 예쁘다 너도 그렇다》(서울: RH코리아) 출간. 제2회 풀꽃
문학상(수상자: 이재무, 안현심 시인) 시상. 제12회 웅진문화상(공
주시) 수상.

- 2016년(71세) 제37시집《꽃장엄》(서울: 천년의시작) 출간. 시선
집《시, 마당을 쓸었습니다》(서울: 푸른길) 출간. 시선집《별처
럼 꽃처럼》(서울: 푸른길) 출간. 복간 시집《사랑이여 조그만 사
랑이여》(대전: 지혜) 출간. 산문집《죽기 전에 시 한 편 쓰고 싶

다》(서울: 리오북스) 출간. 제3회 풀꽃문학상 시상(수상자 김수복, 류지남 시인). 서천문화원과 제휴, 신석초문학상 제정, 재정지원(2016~2020년). 제24회 공초문학상(작품 〈돌멩이〉, 서울신문사) 수상.

• 2017년(72세) 6월 말 공주문화원장 이임. 제38시집《틀렸다》(대전: 지혜) 출간.《나태주 대표시 선집》I 권, II 권(서울: 푸른길) 출간. 시선집《끝끝내》(대전: 지혜) 출간. 시화집《가장 예쁜 생각을 너에게 주고 싶다》(서울: RH코리아) 출간. 아포리즘《기죽지 말고 살아봐》(서울: 푸른길) 출간. 포토에세이《풍경이 풍경에게》(서울: 푸른길) 출간. 산문집《혼자서도 꽃인 너에게》(서울: 푸른길) 출간. 탤런트 이종석과의 사진 시집《모두가 네 탓》(서울: YG엔터테인먼트) 출간. 제4회 풀꽃문학상 시상(수상자: 안용산, 신효순 시인). 재미시인협회(미국 LA)와 제휴, 해외풀꽃시인상 제정. 제1회 해외풀꽃시인상(수상자: 김은자, 안경라 시인) 시상. 제15회 유심작품상(수상작 〈어린이〉, 만해사상실천위원회) 수상. 제13회 김삿갓문학상(수상작: 〈잘람잘람〉, 영월문화재단) 수상. 2017년 한빛대상(특별상, 대전 MBC) 수상.

• 2018년(73세) 1월 9일 손자 御律 출생. 제39시집《그 길에 네가 먼저 있었다》(서울: 밥북) 출간. 시화집(한아롱 그림)《당신 생각하느라 꽃을 피웠을 뿐이에요》(서울: 니들북) 출간. 어린이 시쓰기 교재(윤문영 그림)《시하고 놀자》(서울: 푸른길) 출간. 시 해설집《풀꽃 시인의 별들》(대전: 지혜) 출간. 사랑 시집《가슴 속엔 조그만 사랑이 반짝이누나》(서울: RH코리아) 출간. 허난설헌 시집(편역)《그대 만나려고 물 너머로 연밥을 던졌다가》(서울: RH

코리아) 출간. 엽서 시집《다만 오늘 여기》(서울: 밥북) 출간.《나태주 후기 시전집》(전 3권)(서울: 고요아침) 출간. 육필 시집《나태주 육필 시화집》(서울: 푸른길) 출간. 제40시집《아직도 너를 사랑해서 슬프다》(서울: 동학사) 출간. 제5회 풀꽃문학상(수상자: 나기철, 이해존 시인) 시상. 제2회 해외풀꽃시인상(수상자: 조옥동, 이윤홍 시인) 시상. 2018년 공주문학상(수상자: 강병철 작가) 시상. 제1회 풀꽃문학제 개최.

• 2019년(74세) 어머니 김경애 님 2월 10일 소천, 막동리 선산에 모심. 아버지 나승복 님 2019년 예술가의 장한 어버이상 수상(문화체육관광부). 제41시집《마음이 살짝 기운다》(서울: RH코리아) 출간. 산문집《좋다고 하니까 나도 좋다》(서울: 서울문화사) 출간. 동화집《교장 선생님과 몽당연필》(서울: 고래책방) 출간. 복간 시집《막동리 소묘》(대전: 지혜) 출간. 필사 시집《끝까지 남겨두는 그 마음》(서울: 북로그컴퍼니) 출간. 등단 50년 기념산문집《오늘도 네가 있어 마음속 꽃밭이다》(서울: 열림원) 출간. 병상 일지《살아주셔서 고맙습니다》(서울: 아침책상) 출간. 시·산문집《나는 사랑이라는 말을 이렇게 쓴다》(서울: 시인생각) 출간. 제42시집이며 등단 50년 기념시집《너와 함께라면 인생도 여행이다》(서울: 열림원) 출간. 학생용 시·산문집《저 여리고 부드러운 것이》(서울: 지식프레임) 출간. 김예원과의 시·산문집《당신이 오늘은 꽃이에요》(서울: 시공사) 출간. 제6회 풀꽃문학상(수상자: 김왕노, 유미애 시인) 시상. 제3회 해외풀꽃시인상(수상자: 김인자, 강화식 시인) 시상. 2019년 공주문학상(수상자: 육근철 시인) 시상. 제2회 풀꽃문학제 개최. 제30회 소월시문학

상(수상시집:《마음이 살짝 기운다》, 문학사상) 수상.

- 2020년(75세) 제43시집《너의 햇볕에 마음을 말린다》(서울: 홍성사) 출간. 시선집《혼자서도 별인 너에게》(서울: 서울문화사) 출간. 필사 시집《너만 모르는 그리움》(서울: 북로그컴퍼니) 출간. 제44시집《너에게도 안녕이》(서울: 창비교육) 출간. 동시집《엄마가 봄이었어요》(서울: 문학세계사) 출간. 제45시집《어리신 어머니》(서울: 서정시학) 출간. 동시집《자세히 보아야 예쁘다》(서울: 톡) 출간. 시화집《나태주 연필화 시집》(서울: 푸른길) 출간. 동화집(편저)《작지만 소중해》(파랑새) 출간. 편저《나태주 시인이 들려주는 윤동주 동시집》(서울: 북치는 마을) 출간. 산문집《부디 아프지 마라》(서울: 시공사) 출간. 제31회 김달진문학상(수상시집:《어리신 어머니》, 서정시학) 수상. 한국시인협회 43대 회장에 선임.

제30회 소월시문학상 수상 시인 시선집

제비꽃 연정

초판 1쇄 인쇄일 2020년 8월 31일
초판 1쇄 발행일 2020년 9월 7일

지은이   나태주
펴낸이   임지현

펴낸곳   (주)문학사상
주소   경기도 파주시 회동길3 63-8, 201호(10881)
등록   1973년 3월 21일 제1-137호
전화   031)946-8503
팩스   031)955-9912
홈페이지   www.munsa.co.kr
이메일   munsa@munsa.co.kr

ISBN 978-89-7012-996-9 (03810)

이 도서의 국립중앙도서관 출판예정도서목록(CIP)은 서지정보유통지원시스템 홈페이지(http://seoji.nl.go.kr)와 국가자료공동목록시스템(http://www.nl.go.kr/kolisnet)에서 이용하실 수 있습니다. (CIP제어번호 : CIP 2020034264)